화전가

배삼식 희곡

화전가

배삼식 희곡

민음사

김희 1925~2017 할머님을
기억하며

차례

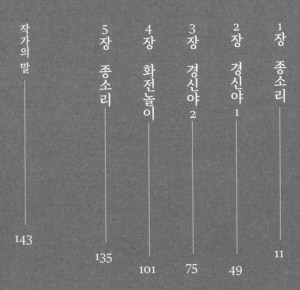

때

1950년 4월 하순 (음력 3월) 어느 날

곳

경북 내륙, 어느 반촌(班村)

등장인물

김씨(1890~)	'닭실할매'
고모(1894~)	권씨, '내앞고모'
장림댁(1921~)	김씨의 큰며느리
금실(琴室)이(1923~)	김씨의 큰딸
박실(朴室)이(1924~)	김씨의 둘째 딸
봉아(1931~)	김씨의 막내딸
영주댁(1928~)	김씨의 둘째 며느리
독골할매(1888~)	행랑어멈
홍다리댁(1919~)	사고무친. 어미 아비가 누군 줄도 모른다. 그녀를 발견한 곳의 지명, '홍다리'만이 그녀의 택호에 남아 있다. 독골할매가 딸처럼 거두어 키웠다. 시집가기 전까지 이 집에서 함께 지냈다.

무대

무대에서 쓰일 여러 공간을 관통하는 열쇳말은 '여인들이 모여 있는 자리'이다. 주요한 공간들은 고가(古家)의 안방, 대청마루 언저리, 고방(庫房), 우물가, 마을 들이 건너다보이는 동구(洞口) 정자나무 아래, 들 가운데 자리잡은 마을 못, 길게 나 있는 못둑길 위, 마을이 내려다보이는

솔숲 언덕 위 작은 정자(亭子), 뒷절 암자터 등이다. 따라서 이 공간들을
무대 위에 실제의 모습 그대로 재현하기는 어려우며, 각각의 공간을 압
축적으로 제시하는 등의, 비사실적인 방식의 공간 운용이 필요하다.

1장 종소리

어둠 속에서 누군가의 목소리가 들려온다.

소리(봉아) When I consider every thing that grows
(돌아보면 살아 있는 모든 것들)
Holds in perfection but a little moment,
(빛나는 시절은 잠시,)

서서히 밝아지면
마루 끝에 봉아와 내앞고모 권씨가 앉아 있다.
봉아는 고모에게 시*를 읽어 주는 중이다.

봉아 That this huge stage presenteth nought but shows
(이 세계는, 말없는 저 별들의 손길 아래)
Whereon the stars in secret influence comment;
(움직이는 거대한 무대;)
When I perceive that men as plants increase,
(초목도 사람도 같은 하늘 아래,)

―――

* 셰익스피어 소네트 15번.

Cheered and checked even by the self-same sky,

(고임받고 미움받으며 자라나,)

Vaunt in their youthful sap, at height decrease,

(한껏 물오른 그때, 청춘은 이내 시드네,)

And wear their brave state out of memory;

(화려한 날들은 어느새 기억 저편에;)

Then the conceit of this inconstant stay

(덧없는 마음으로)

Sets you most rich in youth before my sight,

(반짝이던 그대를 눈앞에 그려 보노라,)

Where wasteful Time debateth with decay

(무정한 시간이 밤의 재 흩뿌리며)

To change your day of youth to sullied night,

(그대의 한낮을 어둡게 물들일 때,)

And all in war with Time for love of you,

(시간이 앗아간 그 모든 것을,)

As he takes from you, I engraft you new.

(나 여기 다시 새기네, 그대를 위하여.)

봉아의 시 낭송을 따라 무대, 매우 느리게 밝아진다.
봄날의 늦은 오후.
권씨, 조용히 눈물을 훔친다.

봉아   (책을 덮으며) 참, 빌 거를 다 시갠다. 됐나? (권씨를 보고) 고모야…… 우나?

권씨   아이래.

봉아   와 우노?

권씨   누가 운다꼬.

봉아   에에!

권씨   가사가 좋네.

봉아   좋아? 어데가?

권씨   다 좋다. 마…… 실푸네.

봉아   고모, 머를 알아딛꼬 그르나?

권씨   맹 인생이 헛부고 헛부다는 말 아이래?

봉아   어매야! 어애 알았노, 그거를?

권씨   가사라는 기 마캐 그 타령이따. 맞제?

봉아   (소리 내어 웃으며) 맞다, 맞다! 대학은 내가 아이라 고
        모가 댕기야 될따!

권씨   (으쓱하여) 머, 난도 시월만 잘 타고 났이만.

봉아   안 될따, 고모, 내캉 같이 서울 가자.

권씨   서울?

봉아   가가 같이 대학 댕기자.

권씨   그라까?

봉아   모할 거 있나?

권씨   치아라. 내는 오라배, 니 아배 어깨 너매로 천자문뱍
        에 몬띳다. 소학도 모했는데 대학얼 어애 할로?

봉아   내가 갈채 주께.

권씨   아이고, 선상님요. 내걸이 나(나이) 많은 이도 될니꺼?

봉아 옭에 및 살인공?

권씨 쉰일곱이시더.

봉아 열일곱뱍이 안 빈다.

권씨 이래 쪼골쪼골 늙어 부랬는데요?

봉아 으음…… 안 될따.

권씨 인자 아시니껴?

봉아 아이, 이래 팬팬하이 곱으이 총각깨나 돌릴따. 대학가가주골랑 공부는 아하고 주장 연애질만 하구러 생깄다.

권씨 요거, 요거…… (키득거리는 봉아의 볼을 살짝 꼬집다 부드럽게 어루만지며) 아이구, 우리 봉아, 어매 젖도 몬 묵고 빼빼 말라가 다리는 똑 가시게(가위) 같은 기, 내 등거리에 대랑대랑 매달리가 메란도 없드이마는, 하매 이클 커가 대학 댕긴다꼬 미국말을 지끼 쌓고, 맥제 고모를 놀리 쌓고…… (목소리를 낮추어) 말해 바라.

봉아 머를?

권씨 니 좋다꼬 따라댕긴다는 총각.

봉아 머!

권씨 어디 댕긴다 캤지?

봉아 몰라.

권씨 경성제대라 캤더나?

봉아 경성제대가 어데 있노? 경성대학 됐다가 지금은 서울대학이다.

권씨 어애뜬동 그기 댕긴다 카만 머리는 존 총각 아이래?

봉아	머리가 좋기는 머, 그양 골샌님이래.
권씨	어애 돼 가노?
봉아	어애 되기는, 아무 일또 없다.
권씨	와, 눈에 안 차나? 못나이래?
봉아	고마 해라.
권씨	말해 바라, 까꿉어구러.
봉아	답답어라. 말할 기 없다 안 하나! 이상한 사람이래.
권씨	어디가?
봉아	아이, 고모가 이상타 이 말이라.
권씨	야야, 내가 탁 보만 모리나? 봉아 니 말 안 하만,
봉아	머?
권씨	다 불어 뿔 게래.
봉아	…… 미칠따, 내가 미칠따.
권씨	생각만 해도 미치겠나?
봉아	(한숨을 내쉬며) 이상한 사람이래…… 다리(다른이)한 테는 말하지 마라.
권씨	(고개를 끄덕인다.)
봉아	어매 환갑은 어애 알아 가주고……
권씨	니가 말했으이 아지…… 아이다. 계속해라.
봉아	집이 니리온다꼬 서울역에 나갔거덩? 나갔는데 그 사람이 거 섰는 게래. 우리 집이를 같이 올게라꼬, 어 애 애를 믹이든동…… 제구 띠놓고 왔는데.
권씨	왔는데?
봉아	저 신탄진쯤 왔나? 옆칸서 누가 비식비식 건너오는

데, 그 사람이래. 안동에 친구가 있어가 그기 놀러간
다꼬. 치, 능구레이걸이…… 머? 천전리에 유동주이
라 카든가?

권씨 　동주이? 천전리 동주이?

봉아 　아나?

권씨 　알따마다. 우리 두째 시동새 시아재네 셋째 아들 아이
래? 맞다, 가가 경성제대 다닌다 캤다. 가가 그 총각하
고 친구라? 동주이 가는 하매 졸업 맡았다 카든데?

봉아 　그이는 국대안 반대운동하다가 쫓기나가 꿇었다 카
드라.

권씨 　국, 머라?

봉아 　그런 기 있다.

권씨 　우리 봉아, 그 총각 마이 아네.

봉아 　몰라. 오는 내, 옆에 앉아가 지끼 쌓데.

권씨 　천전리만 여 굼방 아이래?

봉아 　그러이 내가 안 미칠따? 그 능구레이걸은 기 내일 아
칙(아침)이라도 딜이닥치만 어애노? 이상한 사람이래!

권씨 　잔치에 오는 손을 무신 법으로 내쫓을로? (봉아를 놀
리며) 하매 이것도 인연이라만 인연일따?

봉아 　무신!

권씨 　끓게도 운동하는 이는 몬 씨는데……

봉아 　그러든동 말든동 무신 상관이고. 내는 시집 안 갈껜데.

권씨 　참말로?

봉아 　진짜시더!

16

봉아 골난 얼굴을 보고 권씨, 참았던 웃음이 터진다.

독골할매가 안마당으로 들어온다.

손에 든 소쿠리 안에 아직 덜 여문 청보리 이삭이 가득하다.

독골할매   머이가 그래 자미지신공? (소쿠리를 마루에 내려놓고 앉
            는다.)

권씨   그래, 우리 봉알랑은 시집 가지 마라. 시집 가가, 우
            리겉이 사지 마고, 공부도 마이 하고, 마 천지에 훠얼
            훨 돌아댕기매 귀경도 원대로 하고. 시집은 가가 머
            하겠나? (독골할매에게) 안 그릏소?

독골할매   얄궂애라! 고모님도 참, 액씨한테 모하는 소리가 없소.

권씨   아깝어가 하는 소리래. 이 곱은 거를 애닯으고 아깝
            어가 뉘기를 주겠나?

독골할매   곡석인동 사램인동 야물만 거돠야지, 아깝다꼬 썩쿠
            까요.

봉아   머, 보이 시집가이 썩디마는 머.

독골할매   액씨요, 다리덜이 얼매나 말이 마은 줄 아니껴? '그
            집이 낭팰레라. 뿔이 나가 낭팰레라. 딸은 뭐한데 안
            즉 안 보낼꼬. 그래 붙잡고 있는동?'* 캐 싸니더.

봉아   디기들 일또 없다.

*   김점호 구술, 유시주 편집, 『베도 숱한 베 짜고 밭도 숱한 밭 매고』(뿌리깊은
     나무, 1990), 64쪽 부분 인용. 이 밖에도 이 작품에 쓰인 안동 말은 이 책을
     많이 참고하였다.

독골할매	고마 마님 말씀대로, 이참이 올라가지 마고 여 있소. 여 얌저이 있다가……
봉아	(듣기 싫다는 듯 활개를 치며) 에, 에!
독골할매	삼팔서인동 뭔동 긋어 가주고 맹 투닥거리싸고, 오늘인동 내일인동 언제 나도 난리가 나기는 나고 말따, 사램들이 다 그카던데.
봉아	어디 가만 다리까. 천지사바이 난린데 머.
독골할매	삼동(三冬)이래도 음지 양지가 다린 벱이니더. 늙으이 말 들소. 머를 그래 지새(흘겨) 보니꺼? 아이고, 무섭어라. 무슨 말을 모하겠네.
권씨	(슬멋 웃고 소쿠리 안의 보리이삭을 뒤적이며) 야물도 않은 보리는 뭐할라꼬?
독골할매	액씨가 잡숫고 숲다 캐가.
권씨	시퍼러이, 이거를 어애 먹노?
독골할매	이기 손이 마이 가니더. 이거를 짱두로 수염을 쪼아 가주고 챙이(키)*다 까불러 뿌고 솥에다가 살살 소금을 뱅 돌래 가매 봄아요. 봄아 가주고 방앗간에 가가주고 한 아홉 번을 찧어야 되니더. 아홉 번을 그라믄 고 새파란 껍질이 벗거져요. 그라믄 그 속을 호박(절구)에 옇고 찧어가 죽 끓이는 게래요.**
권씨	봉아 니는 이런 거를 어애 아노?

---

* 곡식 등을 까불러 쭉정이나 티끌을 골라내는 도구.

** 김점호 구술, 위의 책, 156쪽. 필자 부분 수정.

봉아   그클 복잡은 줄은 몰랐다.

권씨   난도 이런 거는 몬 먹어 봤는데.

독골할매   마님액씨덜이 먹을 음석은 몬 되지요. 마 울 사램덜
          이 먹을 거는 쫓애고, 목궁게 머이라도 넝과야 살겠
          으이 해 먹던 긴데, 그때가 언제로? 액씨 다섯 살인
          동 여섯 살인동? 학질을 디기 잃고 나가, 멀쩌이 존
          쌀로 밈이야 죽이야 끓이 딜여도 안 드시더이, 이거
          는 잡숫디더. 그래가 기운 차렸잖니껴? 어애 그거를
          안 잊아뿌고 이래 사람 애를 믹이시는공?

봉아   잊아뿌고 있었는데 생각나더라.

독골할매   성가시구러.

봉아   이리 도. 내가 가가 짱두로 쪼아 주께.

독골할매   됐니다. 액씨요, 그라만 내가 만날 이거 끓이 디릴테
          이께네, 서울 가지 마고 여 있소. 그깟 놈으 공부, 쪼
          매만 떳다가 고마 쪼끔 잠잠해지마 또 올라가만 되
          잖니껴?

봉아   할매는 머 공부가 그래 숩은 긴줄 아나? 떳다 붙칫
          다 하구러.

독골할매   그라지 마고……

봉아   고마 해라. 내 책 안 보나.

독골할매   액씨요……

봉아   소년(少年)은 이로(易老)한데 학(學)은 난서(難成)이니,
          일촌광음(一寸光陰)이 불가겨(不可輕)이라.

봉아, 짐짓 두 노인에게서 몸을 돌리고 책을 보는 척하며 뒤
란으로 돌아가 버린다. 독골할매는 혀를 차고 권씨는 미소짓
는다.

독골할매 (혼잣말처럼 그러나 들으라는 듯) 어레서부텀 시더이 서
울 가드이 더 배랬다, 배랬어. 머한다꼬 서울은 보내
가주골랑…….
권씨 두고 보이시더. 우리 봉아는 잘될께래, 자알 살께래.
독골할매 저래 어구시 가주고 어애 잘 사겠니껴?
권씨 우리는 뭐, 할매나 내나, 그래가 참 보드랍기 잘 살았
드나? 그냥 죽은디끼 잡채가 딘소리 큰소리 한번 모
하고?
독골할매 뭐 팔자가 그러이 빌 수 있니껴.
권씨 내 말이 그 말이라. 다 시제마끔(제각각) 지 팔자대로
가는 거이께네. 우리 봉아 사주가 큰 사주래. 점바치
가 그러디더. 머심아겉으만 큰 인물이 될 사주라꼬.
독골할매 아드님겉으마 무신 걱정을 하겠니껴.
권씨 역마가 낐는데, 그기 존 역마라 캐. 천지를 활개치고
댕기야 좋고, 물 건네가믄 더 좋고. 가돠놓만 답답어
가 몬 씬대. 지 성을 몬 이기가 고만에 지가 꼽부라
져 부랜단다. 시집은 늦게 딜일수록에 좋고. 늫게야
남편복도 자석복도 있다 카데.
독골할매 어매야, 갈수록 태산이따…… 뭐 봉아 액씨 걱정이
사나 고모님만 하겠니껴. 따님이나 한 가지제, 마캐

20

고모님이 다 키왔는데…… 그적새는 마님이 아무 정
황(경황)이 없었잖니껴. 기주이 서방님은 몸이 옳잖
애가 그릏지, 금실이, 박실이 액씨, 기햅이 서방님 주
루루 딸리가…… 마 고모님 은공이 크지요.

권씨   은공이야 봉아 은공이라. 내 자 덕분에 적막치 않았
      으이께네.

독골할매 그러이 말이지마는, 디에(나중에) 고모님이 외손봉사
      라또 받을라 카만 봉아 액씨를 어애뜬동 버뜩 시집
      보내야 안 되니껴?

권씨   죽고 나만 머를 아나. 내는 그런 거 안 바랜다. 봉아
      만 잘되만 그뿌이래.

      독골할매, 한숨을 깊이 내쉰다. 무심히 보리수염을 뜯으며.

독골할매 나리마님은 어데 가 기시꼬? 우째 이래 소식이 돈절
      하시꼬?

권씨   …….

독골할매 하매 밑 해고, 해방된 지가. 다섯 해 아이라?

권씨   …….

독골할매 때되만 안 오시겠니껴. 무소식이 희소식이시더. 살아
      는 계시이께네 딴 소식이 없는 게래요…….

      사이.

권씨	형님은 와 이래 안 오시노?
독골할매	아직 먹고 큰 미느님하고 나가셌는데……
권씨	윗마 큰덕이?
독골할매	예. 기주이 서방님 기일 지내시고설랑 한 보름을 내 들눕어가 일나지도 모하고 기시더이…… 가 보실라 니껴?
권씨	거를 왜 가셌이꼬? 무신 존 소리를 들을라꼬?
독골할매	모리지요. 인자 눈도 더 옳잖으셔가 혼차는 몬 다니시는데, 시갤 일 있으시만 내 갔다 온다 캐도, 직접 가신다꼬. 그러이 큰 미느님이 따라 나셌지요.
권씨	금실이는?
독골할매	아레(그저께) 오셌디더.
권씨	혼자?
독골할매	(소리를 낮추어) 그딕 서방님은 이북에 가가 기시다는데요, 머.
권씨	이북에?
독골할매	뻘개이라꼬 하도 조채서, 여는 있을 수가 없다 캐요. 거 가가 자리는 잡았다꼬, 어애 소식이 닿았든동 금실이 액씨도 올라오라 칸다디마는……
권씨	그래, 금실이는 간다니껴?
독골할매	머, 그 액씨는 통 말씀이 없으이께네……
권씨	야가 어데 있노?
독골할매	뒷절 암자에 가셌니더. 두째 서방님딕하고. 저번에 기주이 서방님 기일에 몬 와봤다꼬, 거라도 댕기 오

신다디더.

권씨 인자 삼팔선 넘을라 카믄 목심 걸어야 칸다던데…….

독골할매 마님도 몬 가게 말리는 모양인데, 머…… 여필종부라, 간다 카만 그거를 어애 말리겠니껴? 고집 시기는 금실 액씨가 봉아 액씨 웃질 아이래요.

권씨 박실이캉 박서방은?

독골할매 마님은 박서방님 바쁘이께네 오지 말라 캐도, 온다 카디더. 홍다리딕이 역전에 마중나갔니더.

권씨 와야지, 어매 장모 갑일인데.

독골할매 마님은 펄쩍 뛰시는데요, 뭐. 지끔 갑일이 다 뭐꼬 내가 환갑 받아먹게 생겠냐꼬.

권씨 어애뜬동 환갑은 환갑 아이래.

독골할매 긇게도 생겠지요. 나리마님은 죽었는동 살았는동, 어느 골에 헤매시는동 모리고, 아드님 둘 있는 거 한나는 앞시고, 한나는 가막소 가 기시는 파이니, 참 생각하만 중치가 탁 맥힐 일 아니니껴…….

권씨 내 저번 장날에 보낸 거는 형님 모리게 잘 받아 뒀소?

독골할매 예.

권씨 시절이 이러이 빌 수 없다 캐도, 옛날겉으만 큰 경사라. 집안이 어른들, 동류들 다 모이가 큰 잔치를 했을 낀데…… 잔치는 모해도 그양 넝구마는 옳잖애. 아무리 형님이 펄쩍 띠도 그라만 몬 쓰지.

독골할매 ……기햅이 서방님이래도 있었이만…… 그 서방님이 무신 쥐(罪)가 있을로? 참, 알다가도 모를따…….

권씨	쥐라…… 무신 쥐가 있어가 온 집안이 만주로 간도로 그 숱한 고상을 다하고 풍비박산이 났던공? 잽히가고 죽고 상한 사램이 그 얼매로? 먼 타지에 묻고 온 집안어른, 동기간에 또 밎밎이드노? 아까운 얼라들은 또 얼매나 마이 식었드노? 그기 다 무신 쥐가 있어 그랬나…….
독골할매	왜정 때야 그랬다 캐도…… 시상이 와 이렇니껴? 모를따…… 알다가도 모를따…… 마캐 헛부고 헛부니더…….

독골할매는 하릴없이 보리수염을 뜯고.

권씨	봉아 니는 머 이런 거를 먹는다 캐가 할매를 애믹이노? 할매 바쁜데!

봉아, 못 들은 척 뒤란을 서성인다.
세 사람이 있는 곳 어두워지고 무대 다른 곳이 밝아진다.

뒷절 암자. 터만 남은 폐허. 첫째 딸 금실이가 앉아 있다. 그녀 앞에 진달래 한 다발이 놓였고 그 곁에 초 한 자루가 탄다. 금실이 품에서 궐련과 성냥을 꺼내 궐련에 불을 붙인 후, 초 옆에 향 대신 꽂는다. 금실, 피어오르는 담배 연기를 멍하니 바라보다가 나직이 콧노래를 흥얼거린다.

금실이   (콧노래 끝에 콧노래처럼) 오빠야, 오빠야, 기주이 오빠
         야…… 내는 인자 고만에 갈란다…… 자알 있거래
         이…… 여서는 잘 모 있었으이께네 거서라도 자알
         있어라…… 머 만개 좋지, 오빠야는…… 맘 펜하고
         아프도 아하고 꽃 피만 꽃 보고 새 울마 새소리 듣
         고…… 오빠야, 기주이 오빠야…… 아이그, 울 못나
         이 오빠야…….

         둘째 며느리 영주댁이 소매 끝으로 눈가를 훔치며 금실이 곁
         으로 온다.

금실이   다 빌었나?
영주댁   예아.
금실이   실실 니리가자.
영주댁   …….
금실이   쪼매 더 앉아 가까?
영주댁   예아.

         영주댁과 금실이, 산 아래를 내려다본다.

영주댁   멩당은 멩당이네요.
금실이   절도 좋았지, 오래 묵고 아담하이.
영주댁   언지 이클 되뿟니껴?
금실이   그기 해방되기 전 해 봄이라. 불이 크게 나뿌 가주고.

영주댁	산불이래요?
금실이	아이. 불은 절에서 난 모양이래. 난도 보지는 모하고 듣기만 들었는데, 절만 말끔히 탔다 캐. 가 보이여 기시던 시님은 죽었는동 살았는동 온데간데 없고…… 머 사램들은 수군수군 캐쌓데.
영주댁	머라꼬요?
금실이	(손가락으로 한곳을 가리키며) 저 짝, 저어가 종루가 있고 종이 하나 있었그덩? 내 키만 하이, 그클 크진 아해도, 똑 처매자락 이클 봉긋하이 벌어지가 내린 것맨치 모양도 이쁘고 문양도 곱으고, 소리가 좋았지. 새복에 지녁에 여서 종을 치만 저 아래 말꺼정 종소리가 니리오는데, 은은하이 푸근하이, 참 듣기 좋았어. 그기 오래된 종이래, 오라배 말로는 조선 때도 아이고 고려 적 종이라 카데.
영주댁	아깝어라.
금실이	그때가 한참 놋쇠 공출할 때 아이라. 구장이 집집마다 쑤시고 돌아댕기매 놋쇠란 거는 머 하다 못해 요강, 타구, 밥주게, 수저꺼정 마캐 거돠가는 판인데, 그러이 재바린 이들은 파묻고 숨과 놓고 안 내놓잖나? 우에서는 할당량 채우라꼬 조채고 볶이고 하이께네, 구장이 답답어가 가마이 생각하이, 이거는 번히 밖에 나와 있그덩? 크기도 크고, 숨굴 수도 없고. 그러이 구장이 절에 와가 시님한테 그 종을 내 돌라 캤는 게래.

영주댁	아이고, 무신 쥐를 다 받을라꼬…… .
금실이	시님이 그거를 내 주겠나? 촛대고 향로고 다린 거는 다 거돠가도, 이 종은 안 된다꼬, 구장, 순사가 암만 으르딱딱거래도, 내 몸에 불 들어가기 전에는 절대 안 된다꼬. 그러이 빌 수 없이 그냥 니리왔는데, 얼매 안 있어가 그 불이 난 게래.
영주댁	세상에!
금실이	그러이 말들이 없겠나?
영주댁	그래 가주고 그 종은 어애 됐니껴?
금실이	맹 녹아가 바우덩거리맨치로 메란도 없이 되뿐 거를, 구장이 인부들 디꼬 가가 목도질해가 니리왔다데. 모리지, 머…… 포탄 껍질이 되가 만주벌판으로 날아갔는동, 태평양 어데 가 떨어졌는동…… .
영주댁	나무관세음보살.
금실이	그거를 마을서 실어 내는데, 기주이 오라배, 돌아간 자네 시아주바님이 쫓아가가 그 덩거리를 끌안고는 목을 놓고 울더란다, 아아덜맨치로. 구장 멕살을 붙들고 쥑인다꼬 난리를 치고…… 그클 순하고 생전에 큰소리, 딘소리 한번 안 내든 양바이…… .
영주댁	참, 그클 곱고 정한 양바이 또 있겠니껴.
금실이	(슬머시 웃으며) 영주덕이 자네가 울 오라배를 아나?
영주댁	머 오래는 몬 뵀지만도, 저 시집 온 지 석달 만에 그래 돌아가셌으니…… .
금실이	날 때부텀 약했는걸 만주 가가 아주 골벵이 든 게래.

말로는 다 몬 한다 캐, 그 고상은. 어른들도 숱하이 돌아가셨는데, 다섯 살배기 그 쪼매한 아아가 오죽했을로? 죽을 고비도 여럿 넝구고. 어매가 그래. 아 생각하만 당장이래도 조선으로 가고 숲은데, 일가가 다 나와 고상하는 판에, 어데 돌아간다는 말을 낼 수가 있나. 아는 굼방이라도 시들 것만 겉고 마 속만 끓이고 있는데, 울 아부지가 조선 왔다가 덜컥 붙들린 거라. 아부지가 조선하고 간도를 오매가매 소식도 전코 돈도 전코 하셌그덩. 그러니 어애노? 널랑은 가가 옥바라지를 해야 안 하겄나. 집안 어른들 영이 떨어져가 인자 오라배를 디꼬 돌아오는데, 아부지 걱정도 걱정이지마는, 아이고 지긋지긋한 만주 바람도 인자 고만이다, 인자는 살았다 숲고 마 날아갈 것 겉드란다.

두 여인, 잠시 미소짓는다. 사이.

금실이   그러이 어매가 그래. 오라배 덕에 너덜은 만주 귀경 모했다꼬. 오라배는 아부지 덕에 한번 살고 아부지 덕에 한번 죽었다꼬.
영주댁   그기 무신 말씸이니껴?
금실이   병인년 순종 인산 때 만세운동 안 있었나.
영주댁   병인년이마……
금실이   천구백이십육년이라.

영주댁	지는 나기도 전이시더.
금실이	난도 네 살 때라 잘은 모린다. 들어서 알지. 인자 아부지는 다섯 해를 감옥 살고 나오시가 잠깐 집이 계셨는데, 그때 내를 맹그셨지. 그 담 해 박실이 나고, 한 해 걸러 자네 서방 기행이가 어매 배 속에 있을 때라. 생각하만 재주도 희한하제?
영주댁	예?
금실이	나 나고 나서버텀은 아부지가 집에 안 계셨그넝. 안 그래도 그양 앉아 기실 양반도 아이지마는, 만날 순사들 들락거리쌓고 오라가라 캐싸이께네, 머 있을 수가 있나. 나가시마 일 년에 한두 버이나 다리이(다른 이) 모르구러 잠깐 오셨다 가시는 중에, 어애 아아들은 그래 따박따박 맨드셨던공? 재주가 신통 안 하나? 어매 재준동 아배 재준동 모를따마는.
영주댁	아이구, 얄궂애라, 형님도 참.
금실이	어애뜬 그때 오라배가 대구고보 댕깄그넝. 만세운동 터지이께네, 오라배를 붙들어 간 거라. 아부지가 관련이 있던 모양인데, 아부지는 몬 잡고 대신에 붙들어 간 게래. 배는 남산만 해가, 어매가 이리 띠고 저리 띠고, 제구 석 달만에 풀리나오기는 했는데, 사램이 아주 고만에 몬 씨게 돼 뿌렀어.
영주댁	그 길로 여 올라오셔가 안 니리 오셨니껴?
금실이	처음에야 및 달 요랑허고 올라오셨지. 그래 몸은 쪼매 추스러가 집이 니리왔는데, 쪼맨한 내가 바도, 이

양바이 지 정시이 아이라. 가심이 탁 맥히가, 여서는 숨을 쉴 수가 없다 카매 딜이 띠는데, 그거를 어애노? 그래가 도로 올라간기 및 해고? 십오 너이 후쩍 넘어부뤴지…… (제 앞의 땅을 가리키며) 여가 오라배 내애 계시던 데래.

영주댁 그 속이 어앴을로……

금실이 너무 놀랜게라. 그 색씨 같은 양바이 모진 꼴을 당해노니, 너무 놀래 가주고 몸도 몸이지마는 맘에 뻥이 짚이 들어뿐 게래. 세상에 뜻이 완저이 없어져 부린 게래…….

영주댁, 제 걱정에 찔끔 돋는 눈물을 훔친다.

금실이 멘회는 가 봤드나?

영주댁 예아.

금실이 언제?

영주댁 아주바님 기일 메칠 지내서 댕기 왔니더.

금실이 어떻드노?

영주댁 머…… 메란없지요.

금실이 박서바이 손써 본다 카드이……

영주댁 앞으로 한 석 달은 더 있어야 한다 카더.

금실이 박서바이 손을 써도?

영주댁 예아.

금실이 언제 또 가노?

영주댁 낼 어무님 갑일 지내고 댕기 올라 캅니더…… (참다
       못해) 어애 그래 사램이 답답은공!

금실이 와?

영주댁 그 전향서인동 머인동, 잘모했다 종이 한 장만 떡 써
       가 주만 당장 고만에 풀어 준다 카는데도, 그거를 모
       하겠다꼬. 잘모한 것도 없는데 그런거새나 다린 놈들
       도 아이고 친일파 놈들 앞에다가 어애 빌겠냐꼬……
       긇게서는 아부님 뵐 낯도 없고, 때리직이든 징역을
       살리든 그래는 절대 몬한다꼬, 무가내로 그러이……
       어애니껴.

금실이 ……석 달이마…… 칠월이만 나오겠네.

영주댁 이럴 줄 알았이만 작년 가을에 보도연맹인가 들라
       칼 때 그양 들었으만 이런 일이 없을 낀데. 구장이 만
       날 와가 그클 볶아도 일없다 카고 뻗대드이…… 해방
       되고 건준인동 인민위원횐동 잠깐 참예헌 거 가주고
       그기 무신 쥐라꼬…… (점점 흥분해 가며) 그때도 좌익
       들 말 안 통한다꼬, 만날 싸우고 와가 답답어 해쌓는
       거를 내 다 들었니더. 그것도 몽양인가 하는 양반 돌
       아가시고 나서는 아주 낙담을 해가 집안일이나 본다
       꼬 다 치아뿟는데. 그 사람이 무신 뻘개이라꼬……
       이거는 머 이박산가 카는 양반 펜 아니만 마캐 뻘개
       이라꼬 몰아치이. 진짜 뻘개이야 잡아딜여야 한다 캐
       도…… (아차 싶어) 죄송합니더…….

금실이 아이다. 괘않다.

31

영주댁	하도 답답어가.
금실이	울 금서바이야 갈 데 없는 뺄개인데 머.
영주댁	죄송합니더.
금실이	빌일이야 있겠나. 기햅이는 또 기주이 오라배하고는 다르이께네. 너무 걱정 마라.
영주댁	그 사람 말 듣다 보이, 얼른에 전향서 씨고 나오라꼬 말은 그캐도, 속으로는 참 억울하기는 억울하겠다 싶디더…… 형님 아주바님도 말이지, 그 얼매나 똑똑하고 공부도 마이 하고 덕있는 분이시니꺼.
금실이	(다 타 버린 궐련을 뽑아내고 궐련을 새로 하나 붙여 다시 올린다.)
영주댁	형님이 암만 그캐도 지는 몬 믿겠디더. 그런 부이 뺄개이라니…… 가마이 보마 진짜로 나라 우하느라꼬 양심 있게 사신 이덜은 마캐 죽고 상하고 뿔뿔이 흩어져가 씨가 말라뿌고, 활개치고 댕기는 거는 맹…….
금실이	고마해라. 그러다 영주딕이 자네도 뺄개이로 몰릴따.
영주댁	형님은 그래 생각 안 하니껴?
금실이	존 생각만 해라. 자꾸 그런 생각해가 배 속에 아꺼정 뺄건 물 드만 어앨라꼬 그라노?
영주댁	형님도 참.
금실이	산달이 언제로?
영주댁	여섯 달째이께네……
금실이	희한네. 어애 그래 표가 안 나노?

영주댁	칠팔월 안 되겠니껴.
금실이	그때는 기헙이도 안 나오겠나. 석 달 굼방 지내간다.
영주댁	(한숨을 푹 내쉬며) 석 달…….
금실이	산신님이 뭐라시드나?
영주댁	암 말또 안 하디더.
금실이	자네 말이야 다 안 들으셨겠나.
영주댁	아주바님은 뭐라시니껴?
금실이	으응, 담배맛 좋다 카네…… 잘 있다 칸다…… 더럽은 꼴 안 보이 좋다 칸다…… 요거만 다 타만 니리가자.

금실이와 영주댁, 타들어 가는 담배를 물끄러미 바라본다.
두 여인이 있는 곳 어두워지고 무대 다른 쪽이 밝아진다.
멀어져 가는 자동차 소리와 함께 다음 장면으로 이어진다.

마을 어귀 회화나무 아래. 신록 사이로 비쳐드는 봄볕. 바로 앞에 마을 못, 물 위에도 봄볕이 반짝인다. 그 너머로 너른 들이, 반대편으로 산 아래 자리잡은 마을이 건너다보인다. 회화나무 아래 돌 위에 박실이가 앉아 있고 홍다리댁은 못가(무대 밖)에 허리를 굽힌 채 헛구역질을 하고 있다. 박실이 곁에는 짐꾸러미들이 놓여 있다. (박실이 말투에는 사투리 억양이 여전하나 그래도 그새 서울말이 약간 묻었다.)

박실이	(홍다리댁이 요란하게 헛구역질하는 소리에 눈쌀을 찌푸리며) 괜찮나?

홍다리댁이 소매로 입가를 훔치며 비칠비칠, 박실이 곁으로
온다.

홍다리댁 붕어새끼들이 머 물 거 없나 올라왔다 고만에 쏙 드
　　　　　가 뿐다. 똥물만 널찌고 건데기가 없으이, 히히. 우엑!

박실이　　아유, 가서 마저 하고 와!

홍다리댁 다 했다. (트림) 마 생전 자동차는 처음이라. 기차하고
　　　　　는 마이 다리네. 하늘이 빙빙 도는 기 똑 술 먹은 거
　　　　　겉다. 아이구야, 우리 정아 덕분에 자동차를 다 타
　　　　　보고 이클 호강하네, 으이? (헛구역질)

박실이　　아유, 정말!

홍다리댁 (박실이 얼굴을 부여잡고 제 얼굴을 들이대며) 가마 있어
　　　　　바라. 우리 정아, 얼굴 좀 자세 보자. 으이? 끄윽.

박실이　　아이고, 꾸린내야!

홍다리댁 야야, 그러지 마래이. 니 내캉 코맞추고 입맞추고 하
　　　　　던 거 잊아뿟나?

박실이　　언제!

홍다리댁 궁금타고 한번 해 보자, 그랬잖나. 막 내 젖을 만주고.

박실이　　이기 미쳤나! 내가 언제! 캤으만 니가 그랬겠제!

홍다리댁 히히히! 아이구야, 그 비린내나던 기 인자 마나님 태
　　　　　가 다 나코.

박실이　　저리 가라니까!

홍다리댁 말하는 것도 서울 사램 다 돼 뿟네. 으이?

박실이　　(홍다리댁을 밀쳐내며) 고마 본 치우나! 으이! 내꺼정

넘어올라 칸다!

홍다리댁   (깔깔대고 웃으며) 내 꾸린내 맡으이께네 고마 정신이
드제? 집에 온 거 겉나?

박실이   으유, 정말!

홍다리댁   이기 얼매 마이고? 내가 열여덟에 시집 가가 옴에 서
른두이께네……

박실이   열네 해 마이네.

홍다리댁   참 시월 빠르다.

박실이   여는 어앤 일이고?

홍다리댁   어앤 일은, 놀러 왔지.

박실이   언제?

홍다리댁   아레.

박실이   어데였드노? 맞다. 영천 어데 대창인가, 거로 시집
갔었지? 안즉 거 사나?

홍다리댁   어데. 지끔은 김천 있다. 있었다.

박실이   있었다이 무신 말이고?

홍다리댁   인자 갈 일이 없으이께네.

박실이   와?

홍다리댁   그래 됐다. 말하자만 길다.

박실이   말해 바라.

홍다리댁   그 까꿉헌 이약을 만다꼬 하라 카노? 정아 니 얘기
나 해 바라. 서방님이 마이 높은 양바인가 보데. 마
갱찰서장이고 조합장이고 머이고 마캐 역전꺼정 나
와 줄을 서가, 굽실굽실하이.

박실이　　뭐 그냥.

홍다리댁　아는?

박실이　　둘 있다. 아들 하나 딸 하나.

홍다리댁　와 안 디꼬 왔노?

박실이　　요새 기차 사정 모리나? 어른도 힘든데, 어린 아아

　　　　　들을 어애 디꼬 오노.

홍다리댁　그라만?

박실이　　집에 유모도 있고 시어머님도 계시니까.

홍다리댁　어매야, 니는 잘될 줄 알았다. 정아 니라도 잘됐으이

　　　　　얼매나 다행이따! 마 들어 보이 금실이도 긇고 다들

　　　　　메란도 없디마는……

박실이　　희아 언니 왔드나?

홍다리댁　응. 봉아도 오고. 내앞고모님도 오시고.

박실이　　희아 언니 앞에서는 그런 말 마라.

홍다리댁　안 한다.

박실이　　언니야 니 얘기 좀 해 바라. 어애 된 거고?

홍다리댁　어애 되기는. 내가 서방 복이 터져가 안 그릏나. 지끔

　　　　　김천 사나가 넷째 서방이이께네. 그라만 말 다 했제?

　　　　　히히.

박실이　　어매야.

홍다리댁　영천이 첫서방은 사램은 좋은데 술 잘 먹드이 이태

　　　　　만에 술로 가뿌고, 그러이 포항으로 개가를 했그덩?

　　　　　그거는 가다끔 주 패는 거 말고는 괜않았는데, 그것

　　　　　도 시 해만에 바다이 가뿌고. 셋째 부산 서방은 징

용 끌리가 패뿌고, 그쯤 되이 서방질도 안 지겁드나? 그래 인자는 고만이다 카고 어애어애 떠돌다 보이 김천 여관집에 가 있는데, 이놈으 영감이 들러붙는 게래. 그기 넷째라. 이거는 장사꾼인데 속을 알고 보만 순 모리꾼, 도독놈이세. 어애 수완은 좋은동 돈은 잘 버이 가는 디마동 첩을 하나썩 두고 그랬는 모양이래. 머 살기도 폭폭한데 살림 차리준다 카이, 난도 모리겠다, 및 해 그러고 살았는데, 얼매 전에 본처가 안 찾아왔드나. 히히. 와가 패악질을 하드이 나종에는 울고불고 비는데, 마 이거는 사람으로 모할 짓이따 숲어가 탁 털어뿌고 왔다.

박실이 에그…… 아는?

홍다리댁 없다. 둘째, 셋째서 하나썩 보기는 했는데, 마 어레서 다 실패해뿌고.

박실이 (홍다리댁의 손을 그러쥐며) 언니야 고상 마이 했구나.

홍다리댁 머 심심치는 않게 살았제, 히히.

박실이 인자 어애노?

홍다리댁 모리지, 나도. 어매 얼골 보고 쪼매 싰다가 또 살 길 찾아가 바야지, 머. 어데 가만 내 한 몸 몬 먹고 살겠나……

박실이 머 또 존 사람 안 있겠나.

홍다리댁 긇제? 서방복 터진 녀이 서방 하나 또 없을로? 히히…… 아나…… 서방은 쓸데없고 그냥 아나 하나 있이만 좋겠구마는…… 암만해도 하나 두이 나(나이) 먹으니 그런 생각은 든다, 히히.

박실이　　　…….

홍다리댁　　어매야, 이거를 어애 다 들고 가노?

박실이　　　몰라. 언니야 때문에 여 내맀으니 니가 다 들고 가라.

홍다리댁　　머를 이래 마이 사왔노?

독골할매가 마을 어귀로 나온다.

독골할매　　홍다리야, 거서 뭐하노? 어매야, 박실 액씨 오시니껴!

박실이　　　할매!

독골할매　　아이고, 얼매나 고상이 많았니껴. 먼 질 오니라꼬.

홍다리댁　　고상은 내가 죽을 고상했다. 정아캉 자동차 타고 오
　　　　　　다 멀미를 해가.

독골할매　　이기 미칬나! 정아가 뭐꼬! 액씨한테. 서방님은요?

박실이　　　읍내에 볼 일이 있어가.

홍다리댁　　여 우리 니리주고 도로 읍내로 갔다. 마 그 대접 다
　　　　　　받을라카믄 오늘 밤으로는 몬 오지 숲다.

박실이　　　잘 있었나. 다리는 와 그라노?

독골할매　　늙으이 그러니더. 어애 액씨 얼골이 마이 애빘는 것
　　　　　　겉네?

박실이　　　애비기는, 자꾸 살만 찌는데.

독골할매　　오셨으만 얼른에 오시지 않구서.

박실이　　　여 얼골 누랜 거 바라. 토악질을 해 싸고 어지럽다 캐
　　　　　　가, 쪼매 쉬고 있었다.

홍다리댁, 다시 토악질을 하며 못가(무대 밖)로 내려간다.

독골할매   저거, 저거, 마중을 나가랬드이마는……

박실이   쪼매 앉으소.

독골할매, 박실이 곁에 앉는다. 홍다리댁이 토악질하는 소리.

독골할매   (혀를 차며) 아이구, 저거를 어데다 쓸로? (들을 건너다 보며) 모낼라꼬 하매 물들을 다 대 났구나…… (한숨) 저기 다 딕이 따이었는데……

홍다리댁이 목에 걸린 것을 돋워올리느라 컥컥거리며 나무 밑으로 온다.

독골할매   다 녹아뿌고, 저어 물가새 논도 아이고 밭도 아인 거 및 떼기밖에 안 남았으이……

홍다리댁   그기 말하자만 선견지며이라.

독골할매   저거 또 헛소리한다.

홍다리댁   이북서는 토지개혁을 해 가주고 땅 마은 이들은 다 뺏아뿌고, 사던 디서도 몬 살게 아주 다린 디로 쫓아부랬다 안 하디껴? 그러이 그 사람들이 마캐 니리 와가주고 뺄개이라 카만 이를 간다 카데.

독골할매   여가 이북이래?

홍다리댁   여서도 토지개혁인동 농지개혁인동 하기는 할 모양

이라 카디만. 그란 꼴 안 볼라꼬 미리 다 팔아가 존
다 쓰셨다, 이클 생각해야지. 머 이북겉지야 아하
겄지마는.

독골할매 그 말겉지도 않은 소리 고마 하고 춤이나 닦어래이.

홍다리댁 히히, 우리 어매 눈도 좋네. 머 또 우리 정아가 잘됐
으이 그양 두고 보겄나.

독골할매 저, 저놈으 주디를 확 마 그양!

홍다리댁 정아도 가마이 있는데 와 그래쌓노? 펭등한 자유대
한민국에 으이? 우아래가 어딨다꼬? 나도 내가 다섯
이나 마은데.

독골할매 그라만 희아 액씨, 봉아 액씨한테도 해라 카지, 와 공
대하는데? 다 니보다 나 어리고 봉아 액씨는 띠동갭
인데.

홍다리댁 정아는 다르다. 안 그릏나, 정아야?

독골할매 아이고, 아이고…… 오갈 데 없는 거를 거돠 킨 은공
도 모리고. 하느님은 머하시노, 저런 거를 베락을 때
리 주지 않고.

홍다리댁 날만 좋구마는. 저, 저 물괴기 띠는 거 쫌 바라! (박
실이에게) 생각나나? 니 요맨할 때, 여 드갔다가 다 죽
게 된 거를 내 껀져 좄던 거.

박실이 몰라. 꾸린내 난다. 저리 가라.

홍다리댁 히히, 머 잉어를 잡아가 기주이 오라배 고아 디린다
꼬. 아이고 내가 우습어가. 정아 니 생각나제?

독골할매 (자리에서 일어서며) 이녀이 쫌 맞아야 정신을 차릴따.

독골할매는 팔을 휘두르며 홍다리댁을 때리려 달려들고, 홍다리댁은 낄낄대며 박실이 뒤로 몸을 피한다.

독골할매　이녀이, 이녀이, 응? 아무리 시상이 벤했다 캐도, 으이? 분수가 있어야제. 분수를 모리고, 아이고 이런 거를, 내가 딸이라꼬 거돠 키왔으이. 이리 몬 오나! 가 뿟으마 고마이제, 머한다꼬 또 기들와가, 이래 사람 애를 믹이노, 으이? 고만에 가뿌라! 이리 몬 오나!

홍다리댁　오라 카고 가라 카고 어애라꼬?

박실이　아이고, 와들 이카노? 고마 해라! 정신없다!

홍다리댁 도망쳐 다시 못가로 내려간다. 독골할매, 쫓아가진 못하고 숨만 몰아쉰다.

독골할매　아이구, 저거, 저거…….

홍다리댁　와아! 저 고기 띠는 것 좀 보래이!

세 사람이 있는 곳 어두워지고 무대 다른 곳이 밝아진다.

윗마을에서 내려오는 길의 언덕바지 솔무데기(솔밭).

김씨와 첫째 며느리 장림댁이 걸어온다. 두 사람 다 흰 소복을 입었다.

앞장서 천천히 걷던 김씨가 멈추어 선다.

짐꾸러미를 들고 뒤따르던 장림댁도 따라 멈추어 선다.

장림댁	어무임?
김씨	(흐린 눈으로 주위를 둘러본다.)
장림댁	괜찮으시니껴?
김씨	으응.

김씨, 다시 걸음을 옮기려다 돌부리에 발이 걸려 쓰러질 듯 휘청인다.

장림댁이 황급히 달려들어 김씨를 붙든다. 엉겁결에 김씨가 장림댁의 품에 폭 안긴 모양새가 된다. 두 사람, 잠시 그러고 있다.

장림댁	또 어지럽으시니껴?
김씨	아이다. 솔무데기 그늘에 있다 밝은 디로 나오이께네, 눈이 부셔가 돌뿌레기를 몬 봤니라…… 그래, 저게 쪼매 쉬었다 가자.

장림댁, 김씨를 부축하여 언덕바지에 불거져 있는 평평한 바위 있는 곳으로 간다. 두 사람 바위 위에 앉는다.

김씨	아가, 장림딕아.
장림댁	예아.
김씨	니 그…… 살내가 좋네.
장림댁	예아?
김씨	내는 아까부텀 '이기 어데서 오는 낼로? 꽃내는 분며

이 꽃낸데, 이기 무신 꽃낼로?' 했드이.

장림댁   …….

김씨, 외면하는 장림댁을 보고 슬며시 웃는다.

김씨   (앉은 바위를 툭툭 두드리며) 야야, 이것도 무덤이란다.

장림댁   예아?

김씨   기주이가 그카데. 그양 바우가 아이고, 옛날옛날에
          묘를 씨논 자리래.

장림댁   에이.

김씨   진짜래.

장림댁   그양 바우 같은데요.

김씨   이 밑에를 파 보만 분며이 머가 나올 게라 카데.

장림댁   다 흩어져 뿟지 머가 있겠니껴.

김씨   바우는 여 안 있나.

장림댁   바우는 쩌어도 있는데요.

김씨   저 바우하고 이 바우는 다리잖나.

장림댁   맹 바운데요, 머.

김씨   알마는 그양 바우가 아이지…… 언제 한번 파 본다
          카드이…….

          사이.

김씨   하매 팔 녀이라?

장림댁	…….
김씨	니 여 온 지가.
장림댁	예아.
김씨	그라만 옳에 서른이고나. (조용히 웃는다.)
장림댁	와 웃으시니껴.
김씨	아이다.
장림댁	말씸하시소.
김씨	희한헤가 안 그러나.
장림댁	뭐가 희한하시니껴?
김씨	팔 년을 이래 같이 살아도 몰랐으이…… 니 살내가 그래 존 줄은 오날 처음 알았다.
장림댁	(무안하여) 무신 내가 난다꼬 자꾸 그러시니껴?
김씨	기주이 그놈아는 알았을로?
장림댁	어무임도 참…….
김씨	몰랬을따. 몰랐으이 그래 산으로 들로 어만 꽃만 찾아 댕겠지. 못나이, 바보겉은 기.
장림댁	(말을 돌리느라) 어르신들이 기력이 없으마 더러 없는 내도 나고 칸다디마는, 어무임이 그러신가 봅니더. 요번에 펜찮으세가 기력이 축이 마이 난 게래요. 거 둥허시는 것도 그릏고, 자꾸 허방띠시는 거 보이, 눈도 버쩍 더 잘 안 비시는 것 겉고……
김씨	아이다. 빌 거는 다 빈다.
장림댁	옳게 말씸하시야지 긇게 짐작으로 댕기시다, 어데 널쩌가 삐라도 상하시만 큰일 아니니껴.

김씨 훤하게 잘 빈다이께네 와 그라노. 저게 홍정골로 덕 고개로 앞뒷산 들 건너 화산 아래 우수골로 산자락 도 산날맹이도 참꽃은 뿔도그레, 산수유에 영춘화 에 개나리는 노릿노릿하고…… 안 그릏나?

장림댁 ……예아.

김씨 행정댁네 담자에 살구낭구는 보얗고, 자미골댁네 마당에 자두낭구는 포르스름하이 마캐 몽글몽글 피었고.

장림댁 예아.

김씨 도지미댁네 우물가새 홍도화는 연지곤지 찍은 거 겉고, 대밭 너머 산비탈 놋점댁네 복상밭에 복사꽃, 희여골댁네 사과밭에는 사과꽃, 동신당 가는 길에 산벚낭구는 안즉 몽우리만 맺었고, 내 건너 갱변에 매실밭에 매화는 하매 다 져 뿟고. 으이?

장림댁 예아.

김씨 물 받아 논 논은 멘갱겉이 하눌이 얼룽얼룽 비치고, 그 우로 제비새끼들이 나고, 못가새 버드낭구, 동구에 회화낭게 퍼릇퍼릇 새수이 돋챘고, 뚝방 우에는 제비꽃, 까치꽃, 냉이꽃 오종종하이 피었고, 지녁 물 우로 고기들은 촘방촘방 띠고 먼 산 아랠로 지녁 이내 푸르스름하이 낑는데,

석양은 비끼고 산그늘은 물 건너고 까막까치는 자러

안 오나.*

장림댁 　 ……예아.

김씨 　 이래 똑띠 비는데 머.

장림댁 　 예아.

김씨 　 봄이라…… 봄이고나.

장림댁 　 …….

김씨 　 날이 저무는고나.

김씨와 장림댁, 불어오는 훈풍을 맞으며 마을과 들을 내려다
본다.
문득, 김씨는 멀리서 울려오는 어떤 소리를 듣는다.
김씨의 얼굴이 희미한 놀라움에 흔들리다가, 그 놀라움은 이
내 어떤 기쁨과 반가움이 되어 얼굴 가득 번진다. 김씨는 저
도 모르게 두 손을 모아쥐며 눈을 스르르 감고 그 소리를 듣
는다.

김씨 　 ……아이구.

장림댁, 놀라 김씨의 얼굴을 본다. 그 얼굴엔 알 수 없는 평온
함과 충만함이 가득하다. 희미하게 울려오던 종소리 (김씨에게

---

* 작자미상, 박혜숙 편역, 『덴동어미화전가』(돌베개, 2011)에서 여인들의 택호
와 일부 구절을 따와 썼다.

만 들리는)가 점점 커진다.

김씨 어애 저런 소리가 있을로…… 이생에 소리는 아닐따.

장림댁, 어리둥절하여 귀를 기울여 본다.

김씨 반쯤은 이생을 나가 있으이, 그 얼매나 쓸쓸하노?
      그러이 이런 소리가 나는 게래.
장림댁 ……어무임.
김씨 시님들은 예불 디리러 법당에 올러가시겠고,
      우리 기주이는 어데서 이 종소리를 듣고 있이꼬?
장림댁 …….

앞서 나왔던 공간들이 종소리를 따라 희미하게 밝아진다. (그
러나 네 공간이 서로 분리된 채로) 모두 황혼에 물든다. 다들 제각
각 하던 일의 와중에, 잠시 멈춰서서 저무는 빛을 본다. 고모
는 청보리 이삭을 다듬다가, 봉아는 마루 끝에 앉아 책을 들
여다보다가, 독골할매와 홍다리댁, 박실이는 주섬주섬 짐을
들고 일어서다가, 금실이와 영주댁은 불어 끈 초를 챙겨들고.

김씨 방 안에 눕어 있나? 마루 끝에 앉아 있나?
      산보를 나가 걸가새(개울가에) 앉아 있나?
      어데 있든동 안 듣기겠나……
      이래 샅샅이 맨져 주시고, 골골이 품아 주시이……

게서라도 숨이 쫌 쉬아지마는 마 그걸로 된 게래……
담배는 쪼매 덜 피아야 될 낀데…….

가득히 울려 퍼지는 종소리와 함께 천천히 어두워진다.

김씨의 집.** 저녁 어스름. 대청마루. 여인들이 이제 막 저녁
을 먹고 상을 물리는 중이다. 김씨와 내앞고모는 안방 앞 마
루에 앉아 이우는 저녁빛을 받고 있고, 나머지 여인들은 제각
각 손을 도와 도래상(둥근상)과 소반을 부엌으로 내려가고, 마
루에 걸레를 치고 하는 중에, 봉아는 이제야 독골할매로부터
소반에 올린 청보리죽을 받았다. 봉아, 기대에 차서 청보리
죽을 한 술 떠 입에 넣는다.

독골할매   (봉아가 입안에 죽을 굴리는 것을 곁에서 지켜보며) 어떠시
        니껴?

봉아   (고개만 갸웃거린다.)

독골할매   ……안 맞으니껴?

봉아   (다시 한 술 떠넣고 오물거린다.)

독골할매   (답답해서 들고 있던 숟가락으로 한 술 먹어 보고) 퍼지기

---

* 庚申夜. 실제 1950년 이 무렵의 경신일(庚申日)은 3월 26일과 5월 25일에 있
   었다. 실제와는 다르나 이야기의 요구에 따라 이날을 경신일인 것으로 설정
   하였다. 경신일의 뜻과 수경신(守庚申) 신앙, 그에 따른 풍속에 대해서는 정
   민 저, 『초월의 상상』(휴머니스트, 2002) 7장 「삼시설과 수경신 신앙」 참조.
** 이 집의 얼개는 안동 가일(佳日)마을 수곡고택(樹谷古宅)을 그 본으로 하
   였다.

는 잘 퍼짓는데…… 쪼매 싱겁은가? (부엌으로 소금을 가지러 가려 한다.)

봉아   아이다. 간은 맞는데…….

금실이와 박실이 지나가다가

박실이   어데…….
봉아   (죽그릇을 가리며) 내 해다.

두 언니, 아랑곳하지 않고 한 술씩 맛본다.

금실이   음, 보리죽이네.
박실이   마이 무라. 맛있네.

두 언니, 제각각 볼 일을 보러 간다.

봉아   (고개를 절래절래 저으며) 아…… 이 맛이 아인데…….
독골할매 (짜증을 감추느라 한 술 푹 퍼먹고 뜨거워하며) 맛만 있구
마는, 꼬숩고.
봉아   꼬숩은 건 꼬숩은데…… 그때는…….
독골할매 (짜증을 내며) 그땐동 지끔인동 맹 이 맛인데요, 머!
봉아   맛이 쪼매 다리다.
독골할매 액씨가 배가 부르이 긇지!
봉아   아이다.

독골할매　(지나가는 장림댁에게) 이 시엄씨 때문에 내가 몬 사니
　　　　　더. 늙으이가 한나절을 조채가, 제구 해다 바칫드이,
　　　　　음석 타박이나 해 쌓고.

봉아　　　누가 타박을 했노? 다린 거를 다리다 캤지. 맛있다.
　　　　　맛은 있는데…… 그때는 쪼매 더 향긋하이…… 맞나,
　　　　　풋내는 아인데, 풋내 비싯하이 향긋한 맛이 있었다.

장림댁　　(웃으며) 그때는 더 들 야문 보리로 해가 드셌나 봅니다.

봉아　　　맞다. 쪼매 들 야문 걸로 해야 되는 긴데.

독골할매　하이고, 그거를 어애 맞추니껴!

봉아　　　쪼매 들 야문 거는 없나?

독골할매　다 똑겉이 익어뿌는데 머.

봉아　　　올에는 틀랬나? 에이, 그라만 내년에 다시 해 묵자.

독골할매　(부엌으로 가며) 내는 모해, 액씨가 해가 드소.

　　　　　봉아, 아쉬운 얼굴로 청보리죽을 먹는데,
　　　　　박실이 보따리 하나를 들고 대청마루 가운데로 온다.

박실이　　다들 일로 오소. 엄마! 고모!

　　　　　여인들이 대청마루 위로 모여든다.
　　　　　박실이 보따리를 풀어 초콜릿과 깡통(가루커피)을 꺼내놓는다.

권씨　　　이기 뭐고?

홍다리댁　꼬초레뜨네!

독골할매 꼬초레?

박실이 초꼬레뜨.

봉아 촥릿.

권씨 머라는 기고?

김씨 머를 이래 마이 가 왔노?

박실이 엄마 심심할 때 드시라꼬.

독골할매 먹는 거래?

홍다리댁 미국 아아들이 먹는 긴데, 맛이 희한타.

독골할매 희한해?

홍다리댁 먹어 보만 안다.

김씨 샀나? 비싼 거 아이라?

박실이 아이다. 박서바이 어데서 선물로 받았다디더.

홍다리댁 이기 귀한 게래요. 우리겉은 사램은 돈 주고도 몬 사
니더.

권씨 그래? 그클 귀한 거를 누가 거저 선물로 주노?

금실이 세상천지에 거저가 어데 있노.

박실이 …….

봉아 제사 지내나. 얼른 먹어 바라. (초콜릿 포장을 벗겨 김씨
에게 준다.)

김씨 농가 먹자.

김씨, 초콜릿을 부러뜨려 한 토막씩 여인들에게 나누어준다.

금실이 내는 됐다. 마이 먹어 봤다.

김씨   받아라.

금실이도 할 수 없이 초콜릿을 받아든다. 여인들, 모두 초콜
릿을 입에 넣고 오물거린다.

박실이   어떠시니껴?
김씨   음, 맛있네.
권씨   이기 머이라꼬?
홍다리댁   꼬초레뜨요.
박실이   초꼬레뜨.
봉아   촤릿!
독골할매   (미간을 잔뜩 찌푸리고) 아인 게 아이라, 희한키는 희한
        타. 달달하이 씁씰하이, 실실 녹아 뿌네.
금실이   하나 더 까 바라. 영주덕이 자 눈 티나오겠다.
영주댁   (부끄러워하며) 아이시더!

여인들, 왁자하게 웃으며 초콜릿을 다시 나누어 먹는다.

영주댁   (깡통을 집어들고 살펴보며) 이거는 뭐니껴?
박실이   커피.
봉아   (깡통을 넘겨받아) 이기 인스턴트 커피라 카는 긴데,
        원두커피만은 모해도 그런대로 먹을 만하다.
박실이   뜨신 물에다가 타만 삭 녹아뿌가 주고 찌끼도 없고
        펜하그덩.

금실이	와, 궁금나? 이것도 먹고 숲나? 함 타 먹어 보까?
영주댁	아이시더.
봉아	내는 한 잔 먹을란다.
영주댁	(반가워서) 뜨신 물 가 오까요?
김씨	그래, 그거는 또 무슨 맛인동 한 잔썩들 먹어 보자.
권씨	쪼꼬레뜨야 커피야 우리 정아 덕분에 호강하네.

영주댁과 봉아, 홍다리댁, 부엌으로 달려간다.

박실이	지금 먹으만 잠 안 올 긴데.
권씨	마참 잘됐다.
박실이	에?
권씨	오늘이 경신일이래.
금실이	경신일?
권씨	육십갑자 따라 두 달에 한 번썩 경신일 안 돌아오나. 경신일 밤에는 잠 안 자는 게래.
박실이	와?
권씨	난도 자세는 몰래. 나 어릴 때, 옛날 어른들은 다 그래셌니라. 친구들캉 얼리가 온 집안이 밤새두룩 이약허고 술 자시고 놀고 그랬어. 잠 안 잘라꼬. 그기 삼신가 머인가 무신 벌거지 따문에 그런다 카데, 형님은 아시니껴? 내는 딛기는 딜었는데 다 잊아뿟다.
김씨	삼시(三尸)라꼬, 사램 몸에가 벌거지가 시 마리 산단다. 머리에 한나, 배에 한나, 아랫도리에 한나. 이기

가마이 들앉아가 요래 보고 있다가, 지 쥐이 지은 쥐를 치부책에다가 따박따박 씨논단다. 그래가주고 두 달에 한 번, 경신일에 하늘로 올라가 옥황상제님한테 마캐 일러바채. 그라만 상제님이 그 진 쥐만큼 맹부책에서 그 사램 맹을 제하는 게래.

금실이 그란데 와 잠을 안 자노?

김씨 이 삼시라 카는 거이는 쥐이 잠을 자야 하늘에 올러갈 수가 있그덩. 그라이 아예 몬 올러가게, 고자질 모하게 하구러 그라제.

독골할매 섹유를 마시만 회는 잘 떨어진다 카든데요.

김씨 (웃으며) 이거는 회하고는 달래.

금실이 아, 그라이 그 비싯한 거래?

박실이 머?

금실이 와, 섣달 그믐에 잠을 자만 눈썹 신다꼬 몬 자게 하잖나.

독골할매 아아들이 자만 어른들이 장난한다꼬 아아 눈썹에다가 쌀가리, 밀가리겉은 거 흐옇게 발러 놓고.

김씨 맞다. 그것도 맹 그 속이래.

권씨 정지에 조왕님도 그날 올러가시는데, 그거는 잠 안 자도 못 막그덩. 그라이 어애노?

독골할매 그거는 난도 아니더.

권씨 부뚜막에 조왕님을 그리놓고 그 입에다가 엿을 딱 붙이놓는다.

독골할매 올러가도 입이 딱 붙어가 아무 말또 모하라꼬.

박실이	그라만 일 년에 한 여섯 번만 잠 안 자만 불로장생하
	겠네?
권씨	펭생 그르기가 숩나, 어데. 한 번만 삐끗하마 도로아
	미타불이이께네.
금실이	맹 미시이지 머.
김씨	긇게도 우리 아부님, 너그 위(외)할아버님은 그거 꼭
	지키셌니라.
금실이	일 년에 여섯 번을?
김씨	그래는 모하지. 상경신이라 캐가 그해 첫 경신에만,
	일 년에 한 번 그래 했다.* 머 그거를 고대로 믿어가
	그래셌겠나. 원캉 사램 좋아허시고 놀기 좋아허시든
	양바이이께네, 그기 존 핑계라. 집안이 손우 어른들
	은 만날 씰데없다 카고 안 좋다 캐도, 머 먹고 노자
	는데 싫다는 사램 있나? 음석, 술 장만해가 오시라
	꼬 청하만, 혀를 쩟쩟 차믄서도 다 오신다. 그래가 닭
	실 우리 친정집, 사랑에는 바깥사램들, 안채에는 안
	사램들, 내외노소로 자박자박하이 모이가 새복 닭이
	우도록 노는 게래…… 그것도 잠깐이라…… 내 일고
	여덜 땐가, 그걸로 마지막 끊처 부랬지.
박실이	와?
독골할매	머 나라 망한다꼬 의병 나고, 나라 망해뿌고, 집안이

---

* 여기까지 경신일에 대한 내용은 정민, 『초월의 상상』(휴머니스트, 2002)에
서 참고하였다.

다 만주로 간도로 떠돌아가는 파인데…… 그런 잔치
를 어애 했을니껴.

박실이 삼신동 머인동 와 지 쥔을 몬 잡아먹어 안달이꼬?
쥔이 죽으만 지도 죽을낀데?

김씨 그거는 구신이래. 쥔이 죽어야 풀리나가 자유로 댕
기매 젯밥도 얻어먹고 하그닝.

봉아와 영주댁, 홍다리댁이 뜨거운 물이 든 주전자를 들고,
쟁반에 사기대접들을 받쳐들고 대청마루로 온다.

봉아 에이, 파이다!

박실이 (커피깡통을 따며) 와?

봉아 잔이 없잖나.

박실이 할 수 있나.

봉아 담에 올 때는 잔도 좀 가 와라.

박실이 알았다.

봉아 (대접을 들고) 이기 뭐꼬?

권씨 머 어떻노. 넘어가마 똑겉제.

봉아 에이.

금실이 무신 대접이 이래 많나?

봉아 한 사람에 하나씩.

금실이 이걸로 한 대접씩 마신다꼬?

권씨 한 시 개만 타라, 갈라 먹구로.

김씨 그래, 먹고 씰라만 그것도 일이다.

봉아	내는 따로 타도.
박실이	가마 있어 바라, 정신 없다.

박실이 숟가락으로 커피를 대접에 퍼 넣고 물을 따른다.

김씨	뭘 그래 마이 하노?
박실이	둘썩 갈라 묵고, 봉아 자는 따로 돌라 카이, 다섯 개.
권씨	다 된 게래?
독골할매	먹어도 되니껴?
박실이	아이다. 설탕…….

박실이, 짐꾸러미 쪽으로 가 안을 뒤진다.

봉아	내는 설탕 필요없다. (커피를 마신다. 보고 있던 독골할매에게) 할매도 먹어 바라. 이거는 그양 먹어야 진짜래. 설탕 타만 커피맛 베리뿐다.
독골할매	(자신과 홍다리댁 몫으로 받은 커피를 한 모금 맛본다.)
봉아	맛있제?
독골할매	(얼른 삼키고 오만 상을 쓰며) 하이고, 씹어라!
봉아	한나도 안 씹은데?
독골할매	씹은데 머, 소태걸이!
홍다리댁	(대접을 들며) 그래 씹나?
독골할매	갱개랍(금계랍)매이 씹다.
홍다리댁	갱개랍매이? (대접을 내려놓는다.)

금실이	(박실이에게) 설탕 없나?
박실이	(짐을 뒤지며) 분며히 챙게 왔는데…… 어데 있노…… 어데가 빠져 뿟나? (안방에 둔 다른 짐을 뒤지러 간다.)
금실이	집에 설탕 없나?
장림댁	설탕은 없고 조청은 쪼매 있니더.
봉아	(독골할매를 놀리느라) 후떡 삼키이 긇지. 가마이 물고 요래요래 돌리 바라. 구수하이 새고롬하이 빌 맛이 다 있다이께네.
독골할매	아이고, 내는 됐니더!

독골할매, 손사래를 치는데 김씨가 먼저 커피를 마신다. 봉아가 시킨 대로 입에 물고 돌려본다. 여인들, 차례로 커피를 입에 물고 우물거린다. 각양각색의 표정으로 서로를 힐끔힐끔 건너다보며. 사이.

권씨	음…… 박실아.
박실이	어.
권씨	안즉 설탕 모 찾았나?
박실이	……귀시이 곡하겠네.
김씨	음…… 조청 가온나.
장림댁	예아. (고방으로 조청을 가지러 간다.)

봉아가 소리내어 웃는다. 여인들도 참았던 웃음을 터뜨린다.

박실이	(안방에서 대청으로 나오며) 이상하네.
장림댁	(고방에서) 어매야!
금실이	와? 쥐 나왔나?
장림댁	요 있디더, 설탕!
박실이	거 있나?
장림댁	(고방에서 설탕봉지를 들고 나오며) 조청단지 옆에 얌저히 모시가 놨구마는.
박실이	맞다! 낼 음석할 거 챙게 노만서, 설탕도 거 둔 거를 잊아뿟네. 아이고 정신머리야!

박실이, 장림댁에게서 설탕봉지를 받아들고, 커피대접에 설탕을 한 숟갈씩 타 휘휘 젓는다.

독골할매	야, 고거 희기는 백옥겉이 희다.
권씨	(커피 맛을 보고 대접을 내밀며) 쪼매 더 치 바라.
박실이	(권씨, 김씨의 대접에 설탕을 치고 장림-영주 댁 몫에) 쪼매 더 치까요?
장림댁	됐디더.
영주댁	쪼매만…….
홍다리댁	(대접을 내밀어 설탕을 더 받는다. 맛보고) 인제 간이 맞다. (독골할매에게 대접을 내민다.)
독골할매	됐다. 니나 마이 무라.
금실이	(설탕봉지 쪽으로 손을 뻗는 봉아를 제지하며) 와?
봉아	조 바라.

금실이	커피맛 베린다 카드이.
봉아	쪼매만.
금실이	됐다.
봉아	아이, 쪼매만!

금실이와 봉아, 설탕봉지를 두고 실랑이하다 설탕이 조금 마루에 쏟아진다.

독골할매	아이고, 아깝은 거를! (무릎걸음으로 가 설탕을 찍어먹는다.)
봉아	(설탕봉지를 차지해 제 커피에 설탕을 타고) 할매. 손 내봐라. (독골할매의 손바닥에 설탕을 퍼 준다.)
독골할매	(받아든 설탕을 키질하듯 양 손바닥 위로 옮겨 보며) 하이고 곱네, 보드랍고 반짝반짝하이…… (혀로 설탕을 맛본다.)
봉아	고모도 쫌 주까?
권씨	아이다.
봉아	받아라.

봉아, 여인들의 손바닥에 차례로 설탕을 퍼 준다. 여인들, 커피를 마시고, 혀로 설탕을 핥는다. 그 모습이 의식을 치르는 듯 경건해 보인다.

봉아	(독골할매에게) 다나?

독골할매	예아…… 꼬초레고 커푸고 내는 이기 젤이시더.
금실이	그라만 할매는 설탕물 한 그륵 타 디리라.
독골할매	아이시더!
봉아	가마 있어라. (설탕물을 대접 가득 탄다.)
독골할매	아이고, 쪼매만, 쪼매만…….
봉아	(대접을 내밀며) 자.
독골할매	아이고, 어애 내만…….
권씨	우리도 커피 다 마시만 입가심할 기다.
독골할매	아이 이거를, 황감해가 어애노…….

독골할매, 설탕물을 받아들고 마신다.

입안에 단맛은 퍼지는데, 독골할매는 왜인지 눈물이 난다.

홍다리댁	어매야.
독골할매	(눈물을 훔치며) 와?
홍다리댁	그래 다나?
독골할매	달다.
홍다리댁	내도 쫌 도.
독골할매	하매 다 마싰나? (설탕물 대접을 건네며) 니 잠은 다 잤다.
홍다리댁	오늘은 자만 안 되는 날이래.
권씨	(대접을 봉아에게 내밀며) 우리도 다 마싰다.
봉아	머?
권씨	얼른에 타 바라. 씹어 죽겠다!
금실이	(웃으며) 오늘로 설탕 동나겠다.

권씨	까이꺼 다 먹어뿌제, 설탕잔치 한분 해 보자.
김씨	(웃으며) 그래, 머 양대로 잡숫소. 이거로 잔치 심(셈) 하고 닐랑은 아무것도 마입시더.
권씨	어데요!
김씨	내가 무신 멘(面)으로 환갑상을 받겠나. 그거는 말또 아이다.
독골할매	말또 아이기는, 환갑을 그양 지나는 게 말또 아이지요.
김씨	머 이래 오랜마에 얼굴 보고, 초코레뜨도 먹고, 커피 도 먹고, 설탕도 먹고 했으이, 마 이만하만 환갑상으 로 차고 넘친다. 됐다.
봉아	되기는 머가 돼!
김씨	다 알잖나. 알만서 와들 이카노.
봉아	머를! 몰래!
박실이	엄마는 가마이 있어라.
금실이	우리가 다 알아서 한다.
봉아	일생에 한 번 아이라.
김씨	해마동 돌아오는 생일을 머.
박실이	한 번도 제대로 몬 챙겼잖나.
금실이	고집 쫌 고만 부래라.
박실이	엄마는 그래 우리를 불효녀 맨들고 숲나?
권씨	그래, 형님은 멘이 없다 카지만은 야들 멘은 생각 아 하니껴?
봉아	그래!
권씨	그라고 형님이 멘 없을 일이 머가 있니껴?

김씨	시절이 안 이렇소.
권씨	시절 이런 기 머 형님 탓이니껴?
박실이	엄마, 재작년에 아부지 환갑상은 그래 뻐근하이 채렸잖아.
금실이	오지도 모하시는데.
봉아	그때는 머 시절이 좋아 그랬나? 와 그캤는데?
김씨	머…… 섭섭하이 그랬지.
봉아	그래!
금실이	우리는 안 섭섭나?
박실이	우리도 섭섭하이 이런다!
김씨	……아이고 야야, 그라만 쪼매 물릿다가 기햅이나 나오고 나만 하자.
권씨	에이, 그거는 안 될 소리시더. 형님 속이야 난도 아지마는…… 기햅이가 좋다 칼니껴? 지 따문에 엄마 환갑도 몬 챙기드렜다는 소리 들으만?
영주댁	……예아. 고모님 말씸이 옳으시니더.

사이.

권씨	그때 되만 기햅이도 나오고 (영주댁을 가리키며) 여 손주도 안 나오겠니껴. 그때는 또 따로 잔치를 크게 하시더.
김씨	아이고 참…… 모리겠다.
봉아	우리가 다 알아서 한다이께네!

64

금실이	니가 머를 할 줄 안다꼬.
봉아	머!
권씨	우리 봉아야 다 잘하제. 모하는 게 없다. 미국말도 얼매나 잘하는동, 새새끼 지저귀는 것맹이로. 한분 해 봐라.
봉아	됐다!
홍다리댁	아이고 희한하다.
독골할매	가마 있어라. 어른들 말씸하시는데.
홍다리댁	가심이 벌렁벌렁하이, 와 이렇노?
박실이	그거를 다 마싰으이 그렇지.
홍다리댁	다들 괘않니껴? 내만 이릏나?
권씨	내도 쪼매 그렇다.
영주댁	원래 이러니껴?
금실이	원래 그렇다.

마을 뒷편 산중에서 소쩍새 소리가 아득히 들려온다.

권씨	크일났다. 촌 사램들이 안 먹던 거를 먹어노이 가심은 벌렁벌렁, 눈은 번들번들해 가주고.
김씨	두 번은 몬 마싰따.
박실이	엄마야. 난중에 '와 요번에는 커피 안 가 왔노?' 그라지나 마라.
권씨	(커피깡통을 집어들고 살펴보며) 미국것들은 만다꼬 부러 이런 씹은 거를 마시는공?

독골할매 씹은 맛을 들 봐가 그르나 보지요.

권씨 이기 글씨래? 글씨도 희한네. (봉아에게) 머라 써 있노?

봉아 맥스웰 하우스 커피. 굿 투 더 라스트 드랍. (Good to the last drop.)

권씨 응?

봉아 맛있다는 말이다. 마지막 한 방울까지.

사이.

김씨 무신 빛깔일로?

권씨 예아?

김씨 지끔 저 산중에 꽃들 말이요.

권씨 무신 빛깔은……

독골할매 이클 깜깜하이 시커멓겠지요, 머.

김씨 시커멓다…… 그라만 고 울긋불긋하던 거이는 다 어데로 가노?

독골할매 거 있지 가기는 어데를 가니껴?

김씨 그란데 와 시커멓노? 어데를 갔으이 시커멓지.

박실이 어데로 가는데?

김씨 어데는. 하늘로 간다. 지녁마동 하늘로 올러갔다 아칙에 도로 니리온다. 고 알록달록허고 울긋불긋헌 거이를 마캐 데불고 올러가니라꼬, 지녁에 놀이 그래 요란하단다. 날마동 그래 올러갔다 니리왔다 하이 그 얼매나 힘드노? 그러이 꽃이 그래 쉬 지는 게래.

66

금실이	에이.
봉아	엄마야. 그기 엄마 생각이래?
김씨	아이. 우리 기주이 말이따.

사이.

김씨	가가 소핵교 댕길 때다. 요런 봄에, 밤에, 둘이 앉아가 있는데, '엄마야, 지끔 저 산중에 꽃들은 무신 빛깔일로?' 이카더이 그래 한참을 지끼 쌓데.

김씨, 조용히 웃는다. 사이.

김씨	야야, 우리 이래 하자.
금실이	머를 또?
김씨	잔치를 하기는 하는데.
박실이	하는데?
김씨	기왕에 할 게믄 자미나게 해 보자.
봉아	어애?
김씨	날도 이래 좋고 꽃도 이래 좋은데, 답답하이 집 안에만 있지 마고.
권씨	예아?
김씨	내일은 우리 마캐 화전놀이나 한분 가자.

여인들, 어리둥절하다.

박실이	화전놀이?
김씨	그래. 머 이래 우리 말고는 새로 올 사램도 없잖나.
권씨	하하, 형님도 참 빌나시더. 환갑잔치로 화전놀이?
김씨	와 모할 거 있소?
권씨	모할 거는 없지만도. 화전놀이라……
독골할매	화전놀이라…… 허, 얼매 만에 들어보는 소리고.
봉아	그기 뭐꼬?
금실이	니는 그것도 모리나?
봉아	해 봤으야 알제.
금실이	여자들끼리 놀러가는 기다.
봉아	언니는 해 봤나?
금실이	아이, 난도 말로만 들었다.
봉아	모르만서 머.
독골할매	봄에, 삼진날 지내고 딱 요만 때시더. 음석도 장만하고 술도 장만하고, 그륵도 싸들고 해가, 경개 존 데로 나가니더. 집안 어른들, 액씨들, 동기간에 시집간 액씨들꺼정 다 모이가 이쁘게 단장허고, 꽃매이 채리입고 나가니더. 나가가 바람도 시컨 쎄고 꽃도 보고 꽃지지미도 부치가 놓가 먹고 노래도 하고 춤도 추꼬, 그래 일 년에 딱 하루 놀다 오는 게래요…….
권씨	하이고, 언제 적 일이고…… 까마득하이 옛날 일이라. 시집가든 해 봄이이께네, 내 열일곱 시절이고 나라 망하던 해라…… 머 그때도 몬 간다는 거를 우리 할매가 섭섭타꼬, 내 보내기 전에 한분 가자꼬, 그래가

68

갔던 기 마지막이래. 형님은 그때 근친 가셨었지요?

김씨 으응, 내는 봉화 친정 가 화전놀이 갔었니더.

권씨 그때는 난도 처네고 형님은 새액씨고.

독골할매 참 다들 곱으셨지요······ 꽃겉이 곱으셨지요.

권씨 그래 모이 노다가 헤어지가주고 영 몬 보게 된 이들
이 또 및일로?

밖에서 누군가 대문을 두드리는 소리.

김씨, 놀라 자리에서 일어선다.

금실이 누꼬? 누가 왔나?

독골할매 나가 바라.

홍다리댁 뉘시니껴?

홍다리댁이 대문간으로 나간다.

장림댁이 불안하게 서 있는 김씨를 자리에 앉힌다.

권씨 박서바이 왔나?

박실이 벌써요? (마루에서 내려선다.)

김씨 나가 바라.

박실이 벌써 올 리가 없는데. (대문께로 나간다.)

독골할매 아이고 요새는 누가 문만 뚜드리도 가심이 벌렁벌렁
한다.

김씨 아이지?

금실이	아이다.
봉아	형부만 벌써 들어왔을따.
금실이	머를 두런두런 하고 있노? 갔나?

박실이와 홍다리댁이 마당을 가로질러 대청 쪽으로 온다.
홍다리댁이 한 말들이쯤 되는 술독을 들고 있다.

권씨	누고? 그거는 뭐꼬?
홍다리댁	소주래요.
박실이	저 연동골에 이샌 어른 기시잖니껴? 아부지 친구 분이라 카든.
김씨	이샌 어른?
박실이	응. 그 딕이서 보냈네. 엄마 환갑인데 인사도 몬 디리고 미안하다 카믄서, 그 집도 헹펜이 그러이, 전에 니 리논 소주나마 쪼매 보내이 자시라꼬, 미안타꼬.
김씨	아이고, 그양 보내만 어애노?
박실이	들어왔다 가라 캐도 그양 가데.
김씨	인사는 잘했나?
박실이	응.
권씨	고맙어서 어애노.
김씨	(초콜릿을 까먹고 있는 봉아를 보고) 다 먹지 마고 및 개 남가 놔라.
봉아	안즉 많다, 머.
권씨	마이도 보내셌다. (술독을 열어 냄새를 맡아보고) 향도

좋다.

김씨 　이 인사를 어애 하노…….

권씨 　허허, 이 술이 오빠 대신에 온 게다. (김씨에게) 몸
　　　　은 몬 오이 섭섭해가 서방님끼서 보내셨구마는.

사이.

독골할매 　안 갈라 캐야 안 갈 수가 없구마는. 이래 술도 오고.

권씨 　인자 보이 형님이 아까버텀 이 생각만 하셨구마는.

봉아 　응?

권씨 　큰딕이 가세 가주고, 찹쌀이야 멥쌀이야 챔지름이야
　　　　들지름이야 언어가 오셌길래, 이거이 머인가 했다.

독골할매 　이상타 했니더. 잔치도 아하시겠다는 양바이, 그 쌀
　　　　을 마캐 물에 담가노시이. 어데 쓰실라 그러니껴, 여
　　　　쭙어도 암 말또 아하시고.

금실이 　그런 거래?

독골할매 　예아! 가입시더, 화전놀이.

박실이 　진즉에 말을 하지, 언제 준비하노?

독골할매 　밤도 긴데, 머 빌 거 있니껴?

금실이 　머를 하만 되노?

권씨 　불콰논 찹쌀 멥쌀, 호박에 빵과 가주고, 반죽만 해가
　　　　놓만 된다. 참꽃이야 가만 지천에 널레 있을 게고.

독골할매 　고모님이야 박실 액씨야 해 온 음석들은 고대로 들
　　　　고 가, 지자먹고 뽂아 먹고 낋이 먹으만 되고.

권씨	(처마 끝으로 하늘을 올려다보며) 별이 총총하이 날도 좋을따.
봉아	엄마야, 어애 그래 신통한 생각을 했노?
독골할매	가자, 홍다리야.
홍다리댁	가심이 벌렁벌렁해.
독골할매	누가 그래 마이 처묵으랬나?

독골할매와 홍다리댁, 장림댁, 영주댁은 부엌 쪽으로 가고, 올케와 시동생, 세 딸은 커피 먹은 자리를 치운다.

독골할매	(부엌으로 오는 장림댁과 영주댁을 말리며) 머 할 게 있다 꼬 오시니껴. 우리 둘이 하만 되니더.
봉아	우리는 머하꼬?
김씨	안방으로 드가자.
봉아	응?
김씨	화전놀이 가자 카만 이삐게 채리입어야 안 되겠나. 느들 입을 마한 거이 있나 보자. (두 며느리에게) 야들 아, 니들도 가가 옷 갈아입고 건네오니라.
영주댁	예아?
김씨	니들 옷 중에, 젤 곱고 이쁜 거로 채리입고 온나.

김씨와 권씨, 봉아, 안방으로 들어간다.

금실이	참 빌나다, 엄마도.

박실이   어애겠노, 소원이라 카만.

장림댁과 영주댁도 얼떨떨한 얼굴로 상방으로 들어간다.

금실이   밤이 길겠다. (술독을 열어 숟가락으로 한 술 떠먹어 본
다.) 좋네. (한 술 더 떠 박실이에게 내민다.)

박실이   됐다. (마루에서 내려서 마당을 가로질러 간다.)

금실이   어데 가노?

박실이   작은 사랑에.

금실이   와?

박실이   머 가올 게 있다. (무대 밖으로)

금실이, 뜬 술을 자기가 먹고 안방으로 들어간다.

멀리서 밤새들이 우는 소리. 조명 잠시 어두워진다.

3장 경신야 2

다시 밝아지면 안방에는 김씨, 권씨, 금실이, 봉아가 모여 앉아 장롱에서 알록달록한 저고리며 치마며 옷가지를 꺼내 입어 보고 있다. 대청마루에서는 홍다리댁이 자배기에 화전반죽을 치대고 있다. 독골할매가 곁에서 들여다본다.

독골할매 소금은 넜나?

홍다리댁 넜다.

독골할매 물 더 치라.

홍다리댁 (반죽을 뜯어 손바닥 사이에 궁글려 경단처럼 만들어 보고)
됐다. 이만하만.

독골할매 물그레하이 해야 좋다.

홍다리댁 쫀득쫀득해야 좋지.

독골할매 그래 해 놓만 난중에 말라가 딱딱하이, 두고 먹기 안
좋다.

홍다리댁 머 이거를 두고두고 먹나. 지지가 바로 먹어뿌만 그
마이제.

독골할매 시갠 대로 해라.

홍다리댁 됐다.

독골할매, 물을 더 부으려 한다. 홍다리댁, 자배기를 들어 옮

겨 버린다.

독골할매　하이고 참말로.

홍다리댁　물크덩하이 안 좋다이께네!

독골할매　니는 그기 탈이라.

홍다리댁　머?

독골할매　앞날은 생각 아하고.

　　　　　홍다리댁, 다 된 반죽을 면포에 곱게 싸 갈무리한다. 면포에
　　　　　싼 반죽을 투덕투덕 두드린다.

독골할매　인자 어앨로?

홍다리댁　어애기는.

독골할매　내캉 여 있자. 마님한테는 내가 청을 디리보께.

홍다리댁　싫다.

독골할매　와?

홍다리댁　까꿉어가.

독골할매　니 꼬라지가 더 까꿉다.

홍다리댁　내가 머?

독골할매　갈 데는 있나?

홍다리댁　대구로나 나가 볼란다.

독골할매　대구?

홍다리댁　내가 바느질은 쪼매 하잖나. 대구 가만 서문시장에
　　　　　포목점도 많고, 손만 재바리만 일거리는 많다 캐. (반

76

죽을 내려놓고 술독을 열어 냄새를 맡는다.)

독골할매　대처 살림이 말처럼 숩나, 어데. 여자 혼차 몸으로.

홍다리댁　대처이께네 사나도 안 많겠나. (못 참고 술구기로 술을 떠 먹는다.)

독골할매　아이고 참말로. 야야!

홍다리댁　(입술을 훔치고 입맛을 다시며) 마 됐다. 인자 서방 바래 고는 모 살겠고, 내 혼차 살란다. 혼차 사다가, 내곁 이 오갈 데 없는 아 하나 업어다 키고 하만서 사제, 머. 자리잡으만 어매도 부르께.

독골할매　어느 시월에…… 내는 머 영영 사는 주 아나. (홍다리 댁이 또 술을 떠먹는 것을 보고) 고만 먹어라.

　　　　　사이.

독골할매　참말로 안 가볼래?

홍다리댁　…….

독골할매　오늘내일 한다 캐, 벵이 중해가.

홍다리댁　…….

독골할매　몰랬으만 몰래도…… 마참 왔으이께네.

홍다리댁　시끄럽다.

독골할매　긇게도 그런 게 아이래. 천륜이라는 거이는…….

홍다리댁　시끄럽다 안 하나!

　　　　　홍다리댁, 반죽을 자배기에 담아들고 일어서 부엌으로 간다.

작은 사랑에서 나와 마당을 가로질러 오던 박실이가 보고.

박실이   와?

독골할매   아이시더.

독골할매, 홍다리댁을 따라 부엌으로 간다. 뒤이어 상방에
서 장림댁과 영주댁이 나온다. 두 며느리 모두 곱게 차려 입
었다. 장림댁은 꽃분홍색 모시속적삼을 받쳐 입은 위에 노란
색 생고사 삼회장저고리를 입고 누비허리띠를 두르고 홍색
갑사치마를 차려입었다. 영주댁의 옷도 그렇듯 화사하다. 두
동서, 쑥스러워하면서도 약간은 상기되어, 이리저리 서로 옷
태를 잡아 준다.

박실이   이게 누꼬? 우리 올케들 맞나? 이야…… 드가자.

세 여인, 안방으로 들어간다.
그에 따라 대청마루는 어두워지고 안방 쪽이 밝아진다.
그동안 안방에서는 금실이와 봉아도 고운 한복으로 차려 입
었다.
박실이야 워낙 내려올 때부터 고운 한복을 입고 있었다.
여인들, 서로의 모습을 보며 감탄한다.

권씨   야, 참말로 곱다! 방 안이 다 환하네.

영주댁   아이고 살이 쪄가, 입겠니껴?

금실이   괜않다.

영주댁   암만 해도 진동을 쪼매 늘쿠야 안 될니껴?

권씨   아이다. 그래 꼭 끼게 입어야 태가 난다.

그러나 권씨와 봉아, 금실이, 박실이의 관심은 장림댁의 옷에 쏠린다.

봉아   (장림댁의 옷을 이리저리 만져 보며) 이쁘다.

금실이   큰올케 태가 좋네.

봉아   목숨 수 자도 있고 호리벵도 있고…… 이기 무신 천 이래요?

장림댁   (저고리를 가리키며) 이거는 생고사(生庫紗)고 처매는 갑사(甲紗)래요.

금실이   머가 다린데?

장림댁   난도 어매한테 들어 이름만 알지 자세는 모르니더.

박실이   시집올 때 해 온 거래요?

장림댁   예아.

금실이   새것 겉은데요?

장림댁   머 입을 일이 있었어야지요.

사이.

봉아   처매가 더 보들보들하다.

금실이   비싯한데?

김씨	안 삶은 맹주실로 짜만 생고사, 삶은 걸로 짜만 숙고
	사 칸다. 갑사는 그 중가이고. 생고사는 날도 씨도
	생사로 짜지마는, 갑사는 날만 생사로 한다. 그러이
	갑사가 쪼매 더 보드랍지.
봉아	(금실이에게) 맞잖아!
권씨	(장림댁의 저고리 앞섶을 펼쳐보며) 안도 생맹주로 대코,
	요 모시속적삼 빛깔 쫌 바라.
금실이	이쁘긴 한데 쪼매 얄궂다.
권씨	아이고, 누가 지었는공 바느질도 참 얌저이 옳게 했다.
장림댁	(여인들이 하도 더듬어 대자 몸 둘 바를 몰라 일어서며) 아
	이고 그만 하이시더.
박실이	어데 갈라꼬요?
장림댁	고만 갈아 입을라꼬요.
권씨	그양 있어라. 이삐기만 하구마는.
봉아	그래, 사램이 달라 빈다.
박실이	가끔 그래 입으소. 만날 소복만 입지 마고.
장림댁	누구 보라꼬요.

사이.

김씨	앉아라.
장림댁	(자리에 다시 앉는다.)
금실이	작은올케 섭섭겠다. 작은올케 옷도 쫌 바 조라.
영주댁	아이시더.

박실이	작은올케 옷도 이쁘다.
영주댁	지는 형님매이 태가 안 나니더.
박실이	(문득 봉아가 입은 옷을 보고) 봉아 니 그거.
봉아	머?
박실이	그거 내 해 아이라?
봉아	엄마 꺼다.
박실이	엄마가 내 준다 캤던 거다. 엄마!
김씨	(웃으며) 니는 지끔 입은 것도 곱잖나. 봉아는 양장뻭이 없고.
박실이	내 준다 캤잖아!
봉아	언니야는 뚱뚱해가 몬 입는다.
박실이	얼른 벗어라!
봉아	싫다.
박실이	이기!
김씨	그래그래, 정아 니 해 해라. 내일만 봉아 입고.
박실이	싫다!
봉아	(금실이에게) 큰언니가 바도 내한테 맞제?
금실이	내는 모리겠다.
권씨	(웃으며) 봉아 니는 까꿉다고 양장만 해 돌라 카드이.
봉아	입어 보이, 딱 이거는 내 옷이다.
박실이	저거 바라. 얼른 몬 벗나?
금실이	낼만 입고 준다잖나.
박실이	그거를 어애 믿노? 저거 분머이 지 해 한다꼬 돌라 칸다.

금실이	그라만 또 어떻노.
박실이	머?
금실이	니는 해 입을라만 얼매든동 해 입을 수 있잖나.
박실이	그기 같나?
금실이	아휴⋯⋯ 니는 머 그래 욕심이 많노?
박실이	머?
금실이	아이다.
박실이	누가 욕심이 마은데?
금실이	고마 해라.
박실이	약속했잖아. 내 준다꼬⋯⋯. (울음이 터진다.)
금실이	머 그만 일로 우노?
박실이	(울먹이며) 그만 일? 그만 일? 한두 번이가! 만날 내 만⋯⋯.
금실이	아이고 참, 또 시작이다.
권씨	봉아야 언니야한테 약조해라. 준다꼬. 니는 고모가 난중에 한 벌 이쁘게 채리주께.
봉아	알았다. 주께. 주만 될 거 아이래. (입을 비죽이며 작게 종알거린다.) 치, 입지도 모하겠구마는⋯⋯.

박실이, 울며 자리에서 일어나 밖으로 나가려 한다.

봉아	어데 가노?
금실이	고만해라. 올케들 보기 챙피하지도 않나?
권씨	그래. 니 머 가지러 칸다 안 했나?

박실이, 돌아선 채 잠시 서 있다가 돌아서서 다시 자리에 앉는다. 눈물을 훔치며 품에서 작은 반지함을 꺼내, 무뚝뚝하게 김씨 앞에 놓는다.

김씨   이기 뭐꼬?
박실이   몰라.

김씨, 함을 열어 본다. 제법 두툼한 쌍금가락지가 들어 있다.

봉아   금가락지네.
권씨   하이고, 한 개에 두 돈썩 녁 돈은 될따.
김씨   머 이런 거를 해 왔나.
권씨   얼른 끼아 보소.
김씨   내는 어애 끼는동 몰래. 정아야.
박실이   …….
김씨   정아야. 이기 어애 끼는 게래?
박실이   …….
김씨   아이구, 암만 해도 안 된다.

박실이, 그제야 김씨 앞으로 가 가락지를 엄마 손가락에 끼워 준다.

김씨   으응, 이래 끼는 거래?
박실이   칫.

김씨	고맙다.
박실이	……맘에 드나?
김씨	응. 가락지는 이래 이쁜데, 손가락이 옳잖아가 파이다.
박실이	머, 이쁘다.
영주댁	예아. 이쁘니더.
김씨	이거를 내가 어애 받노.
권씨	어애 받기는요. 고맙게 받으만 되제.
김씨	무겁어서 댕기겠나, 어데.
금실이	(자리에서 일어서며) 머 선물 증정 시간이라?

봉아도 제 짐에서 무언가를 꺼낸다. 금실이, 가져온 선물을 김씨 앞에 내민다.

금실이	머 내는 정아만큼 시절이 좋지는 몬해가, 제구 이런 기다.

김씨, 금실이의 선물을 펼쳐 본다. 쪽가위와 바늘 한쌈, 색실 함 등 바느질에 필요한 도구들이다.

김씨	무신 말이고. 제구 이런 거라이. 좋다. (쪽가위를 움직여보며) 예전부터 이기 하나 있었으만 숲었다. 색실도 있고, 바늘도 있고. 고리고리 야물게도 사 왔네.
봉아	엄마, 여 좀 바라.
김씨	응?

봉아, 김씨의 앞섶에 꽃 모양의 화려한 브로우치를 달아 준다.

김씨	니가 무신 돈이 있다꼬?

김씨 니가 무신 돈이 있다꼬?

권씨 노리개네.

봉아 브로치다.

권씨 눈을 모 뜨겠다, 번쩍번쩍하이.

두 며느리와 두 딸도 이쁘네, 잘 어울리네, 한마디씩 거든다.

권씨 아이고, 부럽어가 몬 살따.

봉아 고모 환갑이 언제고?

김씨 내가 범띠고 고모가 말띠이께네, 네 살 터울이다.

봉아 그때는 또 우리가 고모 환갑 안 채리겠나.

권씨 애가 달아 어애 기다리노?

봉아 금방 돌아온다.

권씨 (웃으며) 됐다. 그양 위시개 소리다.

김씨 위시개는. 고모 환갑은 니들이 꼭 챙게야 된다, 잊아
     뿌지 마고.

금실이 고모는 가읅이제?

김씨 구월 초사흘이라.

권씨 (브로치를 들여다보며) 이기 무신 꽃인공?

장림댁 모란 아이니껴?

영주댁 작약 겉은데요?

봉아 장미화다.

권씨	장미화? 모란 겉은데?
봉아	비싯하이 생겠다.
금실이	진짜는 아이제?
박실이	이거는 유리다. 딱 보만 모리나?
봉아	(뿌루퉁해져서) 자알 알아가 좋겠네! 차암 똑똑네!
박실이	머.
봉아	그거를 꼭 말해야 쏙이 씨언하나?
박실이	진짠동 가짠동, 엄마도 알아야 안 되겠나?
봉아	그래, 가짜다. 됐나?
김씨	진짜, 가짜가 어데 있노? 이클 곱은데. 진짜 꽃 아이만 다 가짜 아이라? 내는 가짜가 더 좋다.
금실이	어애 가짜가 더 좋노?
김씨	가짜가 더 오래 간다.
금실이	가짜가 더 오래 가?
김씨	팔아묵을 일도 없고. (권씨에게 넌지시 우스개로) 눈독 딜일 사램도 없고.
권씨	(웃으며) 또 그 말씀이라? 난중에 이실직고했잖니껴.
봉아	무신 말이고?
권씨	야들은 형님이 시집올 때 해가 온, 패물 노리개 귀경도 모 했지요?
김씨	모 했지. 야들은 나기도 전에 저어 만주서 다 녹아 뿟는데 머.
권씨	형님이 시집을 오시는데, 집안이 아지맴들이 쎄를 내두른다. 이야, 패물도 장하다끼, 그래 장하게 해 가주

고 왔다꼬. 그란데 내는 안 비주는 게래.

김씨   비 달라꼬 아하이께네.

권씨   꽁꽁 숨가 놓고 안 비주이께네……

김씨   내가 언제?

권씨   더 보고 숲은 게라. 그래가 몬 참고는 한번은 형님 모르구러, 딜이다 안 밨나. 마 눈이 돌아가가 정신을 몬 채리고, 고만에 요맨한 옥비네 하나를 덜컥 안 집어 왔더나. 어애 그랬는동 내도 몰래. 막 가심이 콩닥콩닥 카고……

금실이   엄마는 몰랬나?

권씨   어애 모르겠노? 다 알만서도 암 말또 아하이께네, 사램이 더 죽겠는 게래.

봉아   도로 가주다 놓제?

권씨   및 번 그랄라꼬 했는데, 이기…… 너무…… 으이? 너무 이쁜 게래.

봉아   하하!

권씨   또 사램 마음이 얼매나 간사하노? 하루이틀, 한달 두달, 아무 일 없으이께네, 첨에는 그래 조마조마하더이 머 어떨로 숲고, 그런 일이 있었나 숲고, 원캉 내 꺼 겉고. (여인들, 웃음을 터뜨린다.)

금실이   에에!

박실이   봉아랑 똑같다. 봉아가 고모 닮았구마는.

봉아   내가 언제?

권씨   그라다가 내 시집가기 전에 이실직고를 했제.

박실이	참 빨리도 했다.
권씨	내가 막 우이께네, 형님이 우지 마라꼬. 안 그래도 시집갈 때 줄라 캤다꼬, 내 해 하라꼬, 고연히 맘 고상시겠다꼬. 그러이 눈물이 더 안 나나.
금실이	고모도 참 약았다.
박실이	그래. 그때 이실직고하만 그거를 어애 도로 돌라 카나.
권씨	헤헤, 그러니껴? 아깝었니껴?
김씨	그양 웃음만 나디더. 머 지끔 생각하만, 그때, 만주 가기 전에, 고모한테 다 주뿔 거를 그랬다.
금실이	와?
김씨	그랬으만 다만 및 개라도 남았을 거 아이라…… 서간도에 첨 가 노이, 머 농사가 옳게 되나, 입고 먹고 자고 머 한나 벤벤한 기 있나. 그런거새나 수토벵*꺼정 돌아가, 어른이고 아아고 다들 골골하제. 들러가는 손님들은 또 얼매나 많노? 한 개썩 빼다가 먹을 거야, 입을 거야, 약값이야, 의원이야, 돈 사고 하다 보이 머…….
박실이	그기 다 위(외)할머니가 해 준 거 아이래.
영주댁	아깝어라.
김씨	머 그랄 때 씨라꼬 해 준 거이께네.
영주댁	긇게도 그거는 그양 물거이 아이고…….

---

* 수토병(水土病). 당시 만주 이민자들은 열악한 식수, 위생 상태 때문에 장티푸스로 고생했다.

장림댁	얼매나 섭섭하셨을니껴.
권씨	(씁쓸하게 웃으며) 안즉도 눈에 서언한데…… 그 많던 은이야 금이야, 옥이야 비취야, 산호야 칠보야, 비녀야 노리개야 마캐 팔아묵고, 남은 거는 (김씨의 비녀를 가리키며) 요 백동(白銅) 비네 뿌이네.
금실이	(권씨에게) 그 옥비네는 가주고 있나?
권씨	없다.
금실이	와?
권씨	몰래. 없어져뿟다.
봉아	고모네 시뉘가 돌라갔나?
권씨	그랬는동 어앴는동.
박실이	그거를 어애 잊아뿌노!
김씨	잊아 뿌기는. 그거는 기주이한테 갔다.
금실이	오빠야한테?
김씨	응. 오빠야 감옥소 드갔다 나왔을 때라. 그해가 큰 숭년이라. 가물다가 늦가을에 큰 물이 지가. 기주이는 지씨가(골병이) 들어 가주고 나왔는데, 집에 쌀 한 말, 고린전 한 푸이 있나. 고모가 그거 팔아가 약도 지오고 의원도 부르고 했다.
박실이	(권씨에게) 그거를 누구한테 팔았노?
권씨	그기 언제 적인데.
박실이	기억해 바라.
권씨	대구에…… 보성당인가.
박실이	시청 옆에?

89

권씨	맞다.
박실이	자전거포 옆에?
권씨	아나?
금실이	머 가 볼라꼬?
권씨	그기 안즉 거 있겠나?
박실이	모리잖나, 혹시.
김씨	씰데없는 소리. (브로치를 매만지며) 좋다. 요거는 팔아 묵을 일도 없고, 누가 눈독 딜일 일도 없고, 요대로 달고 있다가 갈 때도 요대로 달고 갈란다.

사이.

박실이	내 가락지는 팔아묵을라꼬?
김씨	아이다.
박실이	팔아묵기만 해 바라.
김씨	알았다, 알았다.
권씨	보자…… 머 꽃놀이 따로 갈 거 있나? 여가 꽃밭이다. 늙은 꽃, 젊은 꽃, 으이? 마캐 다 있네.
봉아	(무심히) 꽃만 있으만 머하노? 벌 나부가 없는데.

두 언니는 실소하고, 두 며느리는 몰래 웃고, 권씨는 크게 소리 내어 웃는다.

금실이	쪼꼬만 기 모하는 소리가 없다.

봉아	내가 머를 쪼꼬매?
권씨	(웃음기 섞어) 누가 아나? 쪼매 있으만 벌 나부가 팔랑 팔랑 날라올라는동?
봉아	(질겁하여) 고모야!
권씨	쪼매 기다리고 있으만, 박서방 나부야 말할 것도 없고, 우리 오빠 나부도, 금서방 나부도, 기햅이도 팔랑팔랑 안 날아오겠나? 이래들 이쁜데 어애 안 오고 배기겠노? 봉아 나부야 어데 가 있는동 모를따마는. (봉아가 몰래 꼬집자) 아야야, 아프다.
김씨	(봉아에게) 야가 와 이카노?
봉아	배고프다.
김씨	배고픈데 와 고모를 꼬집노?
봉아	배고프이께네.
김씨	참, 아도 빌나다.
봉아	머 쫌 묵자.
금실이	지끔 및 시고?
봉아	(손목시계를 들여다보고) 열 시 반.
박실이	니 아깨 보리죽 시컨 먹었잖나.
봉아	그기 언제고. 다 꺼짐다.
금실이	고마 실실 자제, 머를 또 지끔 먹노?
봉아	자다이!
금실이	그라만 안 자나?
봉아	자만 안 된다. 오늘이 경신일이라 안 하드나.
금실이	니는 자지 마라. 내는 잘란다.

봉아	내가 몬 자게 할 기다.
금실이	와?
봉아	언니 오래 살라꼬.
금실이	참 빌.
봉아	아무도 몬 잔다, 오늘은. 자기만 해 바라. 가만 안 둘 기다.
박실이	이기 순 불량패라.
봉아	언제 또 우리가 이클 모이 보겠노? 안 그릏나, 고모야?
권씨	예아, 그러니더.
봉아	오늘은 밤새도록 노는 기다.
박실이	낼 아칙에 화전놀이 가기로 안 했나?
봉아	밤새도록 노고 아칙에는 화전놀이도 가고!
금실이	젊은 니는 그래 해라. 내는 늙어가 그래 몬 한다.
봉아	어떻노, 고모야?
권씨	예아, 좋니더! 그래 하이시더!
봉아	바라, 고모도 좋다 카는데 언니야들은 할 말 없다.
금실이	봉아 버르쟁이는 고모가 다 베맀다.
박실이	그라만 이 긴긴 밤을 머 할긴데?
봉아	일단……
박실이	일단?
봉아	머 쫌 묵자.

나머지 여인들, 실소를 터뜨린다.

김씨	할매한테 밥 남은 거 있나 물어 바라.
봉아	밥은 말고.
김씨	그라만 머?
봉아	괴기 쫌 꿉어 먹으만 안 되나?
금실이	이 밤에?
박실이	니 혼차?
봉아	다 같이 먹으만 되제.
금실이	안 돼. 그거는 내일 씰 거래.
봉아	쪼매 땡기 묵는다꼬 머 탈나나?
금실이	안 된다만 안 돼.
봉아	(떼를 쓰며) 아아…… 배고프다, 배고프다, 배고프다 아!

김씨, 밖을 향해 독골할매를 부른다.

김씨	할매요!
독골할매	(부엌에서 소리) 예아?

금실이와 박실이는 봉아를 향해 눈을 흘기고 봉아는 신이 났다.
독골할매와 홍다리댁이 부엌에서 나와 안방 앞으로 온다.

독골할매	부르셨니껴?
김씨	정지에 숯 쪼매 있니껴?
독골할매	예아.

김씨	그라만 화로에 불 쫌 여가……
독골할매	머 대리미 하실라꼬요?
김씨	아이, 우리 막냉이가 괴기가 먹고 숲다 카네.
독골할매	예아? 이 밤에요?
김씨	봉아 믹이는 짐에, 다 같이 먹으이시더.
독골할매	예아.
금실이	(봉아에게) 니는 할매 쫌 고만 부리먹어라.
봉아	(일어서며) 할매는 불만 여도. 내가 맛있게 꿉어 주께.

봉아, 독골할매, 홍다리댁과 함께 부엌으로 간다. 장림댁과 영주댁도 자리에서 일어서 고기를 가지러 고방으로, 부엌으로 간다. 봉아, 부엌으로 가며 재잘거린다.

봉아	우리 얄팍하이 썰어가 육전 부치 먹자.
홍다리댁	육전 좋제!
봉아	콩가리 찍어 먹으만 맛있는데. 콩가리 있나?
독골할매	있니더.
홍다리댁	칼버텀 쪼매 갈아얄따. 얄팍하이 썰자마는…….

안방에 남은 김씨, 권씨, 금실이, 박실이.
김씨, 장롱 앞으로 가 무언가를 뒤적인다.

금실이	참말로 밤을 샐 거래?
권씨	머 샐 사램은 새고, 잘 사램은 자고.

금실이	커피 마시가 그런가, 말똥말똥하기는 하다. 니는 괘
	않나?
박실이	응.
금실이	오늘 니리오니라 안 피곤하나?
박실이	괘않다.
금실이	박서방은 속이 안 좋다 카드이, 그래 만날 술 마시가
	되겠나?
박실이	그기 일이라 카이 빌 수 있나.
김씨	(장롱에서 천을 꺼내 오며) 그래 쫌 어떻노?
박실이	머 똑같다. 만날 약 달고 산다.
권씨	속벵에는 삼씨를 대리 먹으만 좋다 카는데.
김씨	쪼매 받아 둔 거 있다. 올러갈 때 가주고 가.
박실이	아아들도 디리꼬 올 거를 그랬다.
권씨	디리꼬 오제.
김씨	머를. 길이 험한데.
권씨	위손주들 안 보고 숲소?
김씨	언제 한분 내가 올러가가 보만 되제.
박실이	언제?
김씨	기햅이 나오고, 영주덕이 자 몸 풀고 하만. 자.

김씨, 두 딸에게 둘로 나눈 베를 건넨다. 김씨 손에는 치마
하나가 들려 있다.

금실이	이기 머꼬?

김씨	비(베)라.
박실이	(만져 보고) 이기 삼베래?
권씨	(만져 보고) 무신 삼베가 이래 곱나?
김씨	그기 납닥생냉이라는 거래.
권씨	납닥생냉이요?
김씨	고모도 모리니껴?
권씨	어애 하만 이클 팬팬하이 좋나?
김씨	그거는 삼을 째 가주골랑 안 비비고, 그양 잇아 가주고 매 가주고 하는 거래.
권씨	안 비비고 어애 잇니껴?
김씨	그러이 아무나 몬 한다 캐요. 공이 마이 드이 마이도 몬 하고.
박실이	귀한 거네?
권씨	난도 이거는 처음 본다.
금실이	(김씨 손에 든 치마를 만져보며) 이것도 이 비로 맨든 거래?
김씨	웅.
박실이	이쁘네.
김씨	이거는 옛날에도 맹 멋 부리는 사람만 해 입던 거라.*
금실이	이것도 위할머이가 물리 준 거래?
김씨	으응. 어애 용케 안 팔아묵고 요거는 남었다.

---

* '납닥생냉이'에 대한 대목은 김점호 구술, 위의 책, 125쪽을 참고하였다.

박실이   위할머이가 짠 거래?

김씨   아이. 동네 아지매가 짠 거래. 그때도 이거 하는 이
       는 빌로 없었다. 저 바래미 살다 온 아지맨데, 딸 한
       나 키우만서, 밥 묵으만 밤이고 낮이고 비만 짰제. 내
       시집 오고 얼매 안 되가 죽었는데, 갈 때도 비틀에
       앉아가 갔다 카데.

금실이   이거는 엄마 가주고 있어라.

김씨   내가 이거 돘다 머할로. 잘 돘다가 처매 하나썩 해
       입어라.

금실이   긇게도.

김씨   얼른 넣어라, 봉아 보기 전에. 암만 요랑해 바도 처매
       두 감뱊이 안 돼. 똑겉이 둘로 농갔다.

박실이   이 처매는 봉아 줄라꼬?

김씨   (웃으며) 아이다. 이거는 내 해다. 아무도 안 준다.

금실이와 박실이, 자기들 짐 속에 베를 넣는다. 김씨는 금실
이가 사 온 색실첩에서 실을 고른다.

김씨   야야, 요 비하고 젤 비싯한 거로 골래 바라.

금실이   눈이 그래 안 비나?

김씨   노르스름한 거로. 처매 말기가 쪼매 틀어짓는데, 맹
       흐연 실 뿌이라 몬 꼬매고 있었다.

금실이   (실을 골라 치마에 대 보고) 비싯하나?

권씨   응, 됐다.

금실이	(바늘과 실을 김씨에게 건네며) 자.
박실이	이리 도. 내가 해 주께.
금실이	그래 니가 해라.

금실이, 박실이에게 바늘과 실을 건넨다.

금실이	내는 까꿉어가 모해, 바느질은.
박실이	(바늘귀에 실을 꿰며) 언니가 머 안 까꿉은 기 있나.
금실이	잘하는 사램이 하만 되제.
박실이	그래가 내 다 했잖나, 바느질은.
금실이	머 니가 다 했노? 홍다리가 마이 했지.
박실이	난도 마이 했다.
금실이	어구시게 생겼어도 바느질은 참 잘해, 홍다리가.
박실이	얌저이 하지.

밖에서 봉아가 외치는 소리.

봉아	(소리) 자, 다들 나온나! 괴기 묵자!

네 여인, 웃는다.

박실이	저게 와 저러노?
금실이	말만한 기.
봉아	(소리) 얼른 나온나! 안 나오만 내가 다 먹어뿐다!

금실이   저래가 시집이나 가겠나?

독골할매, 홍다리댁, 봉아, 장림댁, 영주댁이 대청 마루 위
로 화로며 상이며 그릇들, 수저들을 나르느라 분주히 오갈
때, 무대 잠시 어두워진다.

4장 화전놀이

밝아지기 전 어둠 속에서 여인들이 웃고 떠드는 소리가 잔잔히 들려온다. — "참말로?" "아이고, 그거는 말또 아이다." "분며이 들었다이께네." "그 양반이 그럴 리가 없다." "하매 그래 되뿟는가?" "아이고, 얄궂어래이." 등등 — 가끔 밤새 소리. 밝아지면 자정을 넘긴 깊은 밤. 대청마루 위에 여인들이 음식상을 둘러싸고 앉아 있다. 이미 한바탕 푸근히 잘 차려먹고 난 터라, 상은 어지럽고, 여인들도 다들 술기운이 올라 몸가짐이 다소 느슨해졌다. 홍다리댁이 술구기로 술독에서 남은 술을 퍼 주전자에 담는다. 술구기가 독 바닥에 긁히는 소리가 난다. 그녀의 몸이 잠시 휘청거린다. 화로에 남은 숯불이 가느다란 연기를 피워 올린다. 봉아가 상 앞에 앉아 중얼거리며 꾸벅꾸벅 졸고 있다.

독골할매 아이고, 밥이 어데 있니껴? 귀경도 모 해요. 만주 사램들은 맹 서속죽 아이만 강내이떡인데, 서속이 얼매나 묵었는동 벌거이 뜬내가 나치, 또 그 사램들은 머이든 맹 돼지기름에다 볶아가 주그덩요? 마, 그 기름도 다 썩었는동 냄새가 진동을 하코, 이거는 도저히 먹을 수가 없는 게래요. 그러이 하루는 여관 주인 덕이 가가 장을 쪼매 얻어 왔그덩요? 그거를 반찬해 먹을라꼬 빙 둘러가 앉았는데, 장 속에가 머이 질쭉하이 건데기가 있어. 아이고, 그거를 똑 꼬치꼬투린 줄만 아고, 꼬치 박아 놓은 주만 아고, 그 얼매나 반갑니껴? 그러이 그 양바이 덥썩 집어먹었는데.

권씨   그 양바이 누꼬?

김씨   팽나무집 당숙 아재 말이래요.

독골할매   덥썩 집어먹더이 질겁을 하매 도로 뱉아뿌는데, 가마이 딜다 보이 꼬치꼬투리가 아이라 쥐꼬리라.

영주댁   으아!

나머지 젊은 여인들도 질겁을 한다.

독골할매   장독에 쥐새끼가 빠졌던 모양이라. (웃는다.)

홍다리댁   까이거 잘강잘강 씹어먹어 뿌제.

박실이   (홍다리의 어깨를 치며) 으이그, 고마 해라!

독골할매   하이고, 지끔도 장 뜨러 가만 그 생각이 나가 혼차 속으로 웃니더.

권씨   그 아재가 지끔 김천 기시지요?

김씨   셋채 아드님 따라 가셨지. 재작년에 아지매 돌아가시고 나가.

권씨   첫째가 흥식인가……

김씨   흥식이는 만주서 수토벵에 갔고.

권씨   두채는 이북으로 갔으이……

김씨   셋채가 김천서 무신 사업을 한다 카드마는.

권씨   그 아재도 인자 칠수이 후쩍 넘었을따.

김씨   긇게도 안즉 정정하시다 캐요. 근력도 좋으시고.

권씨   위시개 소리도 잘허시고, 암만 힘든 일이 있어도 웃
         는 낯이고, 그래셌지.

김씨   쥐꼬리도 쥐꼬리지마는 내는 그 아재 카만 진달래
         생각이 나.

금실이   진달래요?

김씨   우리 만주 갈 때. 신의주에 내리가 배를 타고 압록강
         을 한 보름 거실러 올라가는데, 그때가 음력 사월이
         라. 갱물이 줄어가 배가 가다 서다 하그덩. 다 내리가
         배를 끌코 가기도 하고. 배는 곯제, 멀미하제 다들
         무신 정신이 있노. 가다 보이 갱변 산기슭에 양짝으
         로, 진달래가 한창이라. 여서는 시들헌 거 보고 갔는
         데, 거는 그래. 잠깐 배 대코 점심 먹고 쉬는데, 그 아
         재가 아아들을 디리꼬 꽃 핀 데로 가시더이, 진달래
         로 꽃목걸이를 맨들어 가주고, 한 사람썩 목에다 걸
         어주는 게래. 그 아재 하만 그 생각난다.*

독골할매 하이고, 어애 살았는공. 고상도 고상도 말로 몬 할따.

금실이   할배도 거서 돌아가셌나?

독골할매 머 그래 됐니더.

홍다리댁 좋다 카는 사람도 없더나?

---

*   이상 만주 시절의 이야기들은 허은 구술, 변창애 기록, 『아직도 내 귀엔 서
     간도 바람소리가』(민족문제연구소, 2010)를 참고하여 수정, 변형하였다.

독골할매 머?

홍다리댁 그때만 어매도 서른 전 아이라.

독골할매 내가 니 겉은 줄 아나?

홍다리댁 좋다 카는 사램도 없었던 모양이네.

독골할매 하이고.

홍다리댁 있었나?

독골할매 시끄럽다.

홍다리댁 없었구마는.

김씨 없기는 와 없노?

홍다리댁 예아?

박실이 누가 있었나?

독골할매 아이고 마님요!

김씨 황서바이라꼬 좋다꼬 따러댕긴 홀애비 하나 있었다.

독골할매 고만하소.

김씨 훨훨 돌아댕기는 장사꾸인데, 사램도 패않고.

독골할매 패않기는 머가 패않니껴? 맹 아펜 장사꾸인데.

김씨 긇게도 사램이 착실해가 아펜은 손도 안 댔다꼬.

독골할매 그 말을 어애 믿니껴?

홍다리댁 아펜 장사꾸이만 돈은 많았을따.

김씨 존 일 마이 했제. 독립자금도 마이 대고. 할매하고
기주이하고 조선으로 올 때도 그 사람이 신의주꺼정
딜따 좄다.

박실이 할매 띠 갈라꼬 따러 왔구나!

김씨 머 그랬나?

104

홍다리댁	와 안 따러갔노?
독골할매	마님하고 도렌님 두코 내가 어데를 가노?
박실이	마음은 있었네?
독골할매	마음은 무신.
홍다리댁	머 괘히 혼차 생각이지.
독골할매	머? 혼차 생각? 이기!
김씨	내 다 들었다. 그 신의주 여관이서 황서바이 얼매나 매달리든동.
금실이	엄마가 잘모했네. 가라꼬 떠다 밀었어야지.
김씨	그래 말이다. 머 내 코가 석자이, 모린 체하고 가마이 있었다.
박실이	몬 됐네.
김씨	할매한테는 미안치.
독골할매	아이고, 무신 말씸을.
홍다리댁	안 아숩나?
독골할매	이기…….
홍다리댁	아숩제?
독골할매	그래 아숩다, 아숩어가 죽을따! 그때 그 사램 따러갔으마는, 니겉은 거는 볼 일도 없었을껜데.
홍다리댁	어매가 아숩으이께네 그랬제, 머 내가 디리다 키아달라 캤나?
독골할매	말이나 몬 하믄.
홍다리댁	맞잖아.
독골할매	그래. 자업자덕이다. 그러이 니는 내겉이 사지 마고,

서바이고 머이고 생각도 마고, 니겉은 아아 디리다 킬 생각도 마고, 훨훨 니 한 몸이나 잘 묵고 잘 살어래이.

권씨 그라만 씨나. 앞질이 구만린데. 서방인동 아안동 맴 부칠 디가 있어야 안 하겠나.

금실이 그라는 고모는 와 그래 살았는데?

권씨 팔자가 그러이 빌 수 있나.

박실이 미칠 만이라 캤었제?

김씨 딱 이레 만이라.

박실이 하이고.

금실이 (은밀하게) 머 어애, 첫날밤이나 치렀드나?

권씨 (부끄러워하며) 야야.

금실이 맹 처네로 늙은 거 아이라?

박실이 그릏나?

권씨 그기 머가 중하나.

금실이 말해 바라.

권씨 첫날밤이야 머…….

금실이 첫날밤은 치렀구나?

권씨 고마해라, 참말로.

박실이 그나마 다행이라?

금실이 다행은 무신. 그기 더 탈이다. 아예 몰랬으만 몰라도.

권씨 (짐짓 화를 내며) 이것들이 모하는 소리가 없다, 떽!

박실이 그 시딕에서 보낼 때는 고모도 새 길 찾아가란 말 아이래?

권씨	어데. 집안이 어른들 누이 시퍼런데. 친정에 와 보이 식구들은 마캐 만주 가가 집아이 텅텅 빘는데, 그러이 어애? 집안일 건사하코 돈 모대가 보내코, 혼차서 머 정시이 있나? 그라다가 형님 기주이 오시고, 머 그래그래 살았제.
금실이	지끔도 이클 곱은데, 젙에서 가마이 놔 두드나?
권씨	말했잖나. 사나한테 눈 돌릴 저를이 어데 있드노.
금실이	그짓말.
권씨	(술잔을 만지작거리며) 참말이다.
금실이	사램이 그랄 수 있나, 어데?
권씨	그랬다.
금실이	목석이가? 스물도 안 된 처네가?
권씨	처네 아이라이께네.
금실이	그러이 더 안 그르나?
권씨	아이고 무신 말을 모하겠다.
금실이	다 지낸 일인데 모할 말이 어데 있노?
권씨	머…… 눈에 차는 사램도 없고.
박실이	고모부가 그래 좋았나?
권씨	머 정 붙일 새나 있었나.
금실이	(박실이에게) 눈치 없구러. 지끔 고모부 얘기하는 기 아이잖나.
권씨	참말로, 희야 니는 어애 그래 얄궂노? 왜정 때 순사보담 더하네, 꼬치꼬치. 그래 있었다. 됐나? (술잔을 탁 털어마신다.)

금실이	그라만 그렇지.
박실이	그게 누꼬?
권씨	말하만 아나? (포기하고) 울 오라배 친구분 중에 한 분 있었다. 가다끔 오빠캉 집이도 놀러오시고.
김씨	오창현 씨?
권씨	(말문이 막히고 얼굴이 붉어진다.)
김씨	인물 좋고 똑똑코. 옥골선풍이라.
금실이	고모 얼굴 좀 바라.
권씨	참 몬 됐다.
박실이	말이나 해 봤나?
권씨	머를?
박실이	좋다꼬.
권씨	어데. 그때는 하매 정혼이 돼가 있었는데 머. 그거를 아시이꺼네, 그 양반도 머, 암 말도 몬 하고. 그양 치다만 봤제.
김씨	디에도 및 번 왔다 가셨잖니꺼?
권씨	두 버인가? 오라배 심부름 맡아가 오셨지. 그때도 그양 치다만 보다가 보냈다. 지대로 치다볼 수나 있나, 어데.

사이.

금실이	어애 보만 홍다리 팔자가 상팔자다.
홍다리댁	(잠시 꾸벅꾸벅 졸다가) 예아?

금실이	거칠 기 없잖나.
홍다리댁	머…… 그릏지요.
권씨	딘동어매라꼬 있다.
김씨	으응, 화전가에?
영주댁	그거는 지도 아니더.
김씨	으응? 니는 언제 또 나왔드노? 가 눈 쫌 붙이라이께 네. 술도 안 묵는데.
영주댁	잠이 안 오니더.
권씨	커피를 마시가 그런갑다. 니가 딘동어매 이약을 아나?
영주댁	예아. 우리 친정동네 사램들은 다 아니더. 어떤 할매 는 다 위아가 줄줄 이약도 해 주고요.
권씨	어애뜬 이 딘동어매가 와 딘동어맨고 하이, 아 하나 있는 기 불에 디가 딘동이고 딘동어매라. 이 딘동어 매하고 동네 여자들하코 봄에 화전놀이를 가그덩. 가가 잘 노는데, 똑 내겉이 시집와가 이레 만에 청상 이 되뿐 색씨 하나가 한탄을 해 가매 우는 게라. 그 러이 딘동어매가 우지 마라꼬, 그거 달래니라꼬, 지 살아나온 이약을 주욱 하그덩. 머 이 아지매가 팔자 가 얼매나 사나운동, 첫서방은 단오에 그네 띠다 널 쩌가 죽고, 두채 서방은 엠병에 죽고, 세채 서방은 어 애 죽었더라?
영주댁	큰물에 사태가 나가, 씰리가 죽었다디더.
권씨	그래 맞다. 그라고 네채 서방은 엿장신데, 엿을 고다 가 불이 나가 타 죽고. 그 통에 아아도 불에 몬 씨게

디가, 아주 사램 구실 모허게 돼뿄어.

독골할매 시상에!

권씨 인자 나아도 먹었제, 오갈 디는 없제, 카이께네, 그
아 한나 디꼬 죽어도 친정 동네 가가 죽는다꼬 찾어
온 게라. 그래가 죽지는 모하고 사는 게래. 그러이, 이
런 팔자도 있으이, 너무 설웁다 마라꼬, 팔자 도망은
모하니, 개가할 생각은 마라꼬 달래코 타이른다. 그
러이 그 청상 색씨가 알아딛고, 눈물 씻치고 다들 자
알 논다 카는 이약인데⋯⋯.*

홍다리댁 칫. 그 아지매, 우습네.

독골할매 응?

홍다리댁 지는 천지사방 댕기매 헐 짓 다 허고, 볼 자미 다 보
고설랑, 놈들한테는 그러지 마라 카이, 그기 무신 심
보래? 순 놀보 심보 아이래요.

여인들, 웃는다.

독골할매 이거는 한나버텀 열꺼정 챙개구리 심보라. 머를 옳게
갈채조도 똑 까꾸로만 간다.

금실이 홍다리 말또 맞네, 머.

독골할매 니는 그래 돌아댕기보이 자미지드나?

---

* 이정옥 주해·편, 『경북대본 소백산대관록 화전가』(경진출판, 2016) 참고.

홍다리댁	내는 그런 생각 안 해. 그클 잘난 소리 할 생각도 없
	고. 시제마끔 사는 대로 사는 기지, 놈 사는 일에 머
	감 나라, 배 나라 캐 쌓노?
박실이	그 양반은 어데 계실따?
금실이	누구?
박실이	그 오창······
김씨	오창현 씨.
금실이	(장난으로 고모의 앞섶을 가리키며) 요 있겠제, 머.
권씨	치아라.
박실이	생각 안 나나?
권씨	인자 얼굴도 기억 안 난다. 딘동어매한테는 딘동이
	있고, 내한테는 봉아 안 있나.

여인들, 봉아를 바라본다. 봉아는 여전히 졸고 있다.

박실이	(봉아의 어깨를 두드리며) 야야, 봉아야!
봉아	(겨우 눈을 뜨고) 응?
박실이	자지 마라! 바라, 저어기!
봉아	(박실이가 가리키는 대로 위를 올려다본다.)
박실이	저기 삼시 올러간다.
봉아	(다시 고개를 숙이며) 응.
김씨	가마이 뒤라. 쪼매 자게.
박실이	자만 가만 안 나둔다꼬 설치드이, 하매 꼽부라겠나?
봉아	(웅얼웅얼) 에이프럴······.

박실이	응?
봉아	에이프럴.
금실이	머라 카노?
봉아	이스 더 크루얼리스트 먼쓰!
박실이	미국말 아이라?
봉아	브리이딩! 브리이딩! 으음······ (생각이 안 나는 듯 인상을 잔뜩 지푸린다.)
권씨	(웃으며) 자는 술 지정도 미국말로 하네.
독골할매	공부 시긴 보람 있니더.

여인들, 왁자하게 웃는 가운데, 봉아는 눈을 감은 채 손을 휘저어 가며 나머지 시구*를 읊는다. 여인들은 그 모양을 보며 배꼽을 잡는다.

봉아	라일락스 아웃 오브 더 데에드 랜드, 믹싱
	메모리 앤 디자이어, 스티어링
	더얼 루츠 위드 스프링 뤠인! (눈을 뜨고 주위를 둘러본다.)
	스프링 뤠인······ 음······.
박실이	다 했나?

---

*   T. S. 엘리엇, 「황무지」의 첫 부분. "April is the cruellest month, breeding/ Lilacs out of the dead land, mixing/ Memory and desire, stirring/ Dull roots with spring rain······"

봉아	및 시고? (손목시계를 들여다보고) 세 시. (눈을 부릅뜨고) 자는 사람 없제?
금실이	니 빼고는 없다.
봉아	내가?
금실이	그래.
봉아	내가 언제!
금실이	언제? (몸을 꺼떡이며) 요래요래 보릿대 춤을 추만서, 장과이든데?
박실이	니 삼시는 하매 저 우로 올러가뿟다.
봉아	어데? 여 멀찌이 잘 있는데. (제 몸을 더듬으며) 요놈들, 거 있제? 가마이 있거래이. 내가 잔 게 아이고, 생각했다. 띵킹.
금실이	씽킹?
봉아	씽킹이 아이라 띵킹. 씽킹은 까라앉는 기고. 생각. 띵킹.
김씨	그래, 무신 생각을 그래 장하게 했노?
봉아	인생, 인생에 대해서.
김씨	(터지려는 웃음을 겨우 참으며) 생각해 보이 어떻드나?
봉아	머 빌거 없는데.
김씨	없는데?
봉아	빌것도 없는 인새이 와 이래 힘드노?
권씨	(웃느라 거의 데굴데굴 구르며) 아이고, 나 죽는다.
봉아	웃지 마라.

금실이, 제 잔에 술을 따르고 영주댁만 빼고 다른 이들에게

도 술을 따른다.

금실이   (돌아가며 술을 따르며) 다들 잘 묵는다. 큰 올케도 술 잘 묵네? 이래 잘 먹는 술을 몬 먹고 어애 참았노?

봉아   내는 와 안 주노?

독골할매   액씨는 고만 드소.

봉아   도. 한나도 안 췄다.

금실이   (봉아에게 술을 따르며) 안 췌기는.

봉아   언니야가 췄네. 아깝은 술은 와 흘리노?

금실이   (봉아에게 술을 따르고 나자 주전자가 비었다.) 이기 다라?

홍다리댁, 비틀비틀 걸어가 술독을 들고 와 기울여 주전자에 붓는데, 조금 떨어지고 그만이다.

금실이   하매 다 먹어뿟나? 누가 다 먹어뿟노?

홍다리댁   누구는요, 다 같이 먹었제. 사램이 및이니껴.

박실이   이상해. 다들 미칫는갑다.

권씨   경신일 추럼은 제대로 한다.

박실이   어애다가 이래 술파이 돼 뿟노?

금실이   다 봉아 때무이다.

봉아   내는 술 먹자 칸 적 없다. 엄마가 먹자 캤지. 괴기 먹고 낙낙하다(느끼하다)꼬.

금실이   엄마도 술 잘 묵네? 얼골빛 한나 안 벤하고.

박실이   엄마 술 자시는 거는 첨 본다.

김씨	와? 내 갭일에 술 한잔 몬 묵나?
권씨	사돈딕이 원캉 말술이라. 느이 위갓집, 위삼추이 그래 술 잘 자시드이, 느그들도 위탁했는갑다.
봉아	위삼춘 보고 숲다.
김씨	니 위삼춘 기억 나나?
봉아	그럼…… 기주이 오빠도 보고 숲고, 기햄이 오빠도 보고 숲고, 아부지도 보고 숲고…….

봉아, 무릎에 올린 두 팔에 고개를 푹 파묻는다. 금실이, 괜히 구운 더덕 하나를 입에 넣었다가 도로 내려놓는다. 영주댁은 조용히 돌아앉아 눈물을 찍는다. 장림댁이 품에서 손수건을 꺼내 영주댁에게 슬쩍 건넨다.

금실이	에이, 몬 묵겠다. 괘히 쥐꼬리 소리를 해가, 질쭉한 거는 맹 쥐꼬리로 빈다.
박실이	쫌!
금실이	봉아 니 아부지 얼굴 기억이나 나나?
봉아	본 적도 없는데 머.
금실이	그란데 머가 보고 숲노?
봉아	머 비싯 안 하겠나, 기주이 오빠야캉.
박실이	아부지 탁한 거는 기햄이지. 기주이 오빠는 엄마 탁했다.
봉아	어애뜬…… 내는 어레서 기주이 오빠야를 아부지로 알았다.

권씨	나아로는 아부지 삘 안 되나.
봉아	다린 심부름은 그래 싫어도, 암자에 기주이 오빠한테 댕게오라 카만 그래 좋았다…… 오빠야랑 산질로, 골짝으로 뛰댕기고 노다가, 니리올라 카만 어애 서운하든동, 간다 카고는 괘애니 산질로 배앵뱅 돌다가, 다 지녁에, 종소리가 데엥뎅 울리만, 도로 올러간다. 마악 울만서, 질 잃어부렜다꼬…… 그래가 암자 방이서 오빠야랑 자고…….
박실이	우리가 얼매나 걱정한동 아나? 이기 호랭이한테 물리갔나.
봉아	오빠야가 글도 갈차 주고, 옛날이약도 해 주고, 책도 읽어 주고…….
권씨	(한숨을 내쉬며) 하눌도 무심하시따. 어애 후사도 없이.
금실이	머 하눌을 바야 빌을 따지.

금실이, 말해 놓고 머쓱하여 장림댁을 슬쩍 쳐다본다.

| 장림댁 | 머…… 수정과 담과 논 거라도 쫌 뎁히가 오까요? |

다들 별말이 없자, 장림댁이 일어서 부엌으로 간다. 영주댁도 따라간다. 독골할매도 멍하니 정신을 놓고 있고 홍다리댁은 그새 모로 누워 잠이 들었다.
어디선가 희미하게 무언가 덜걱이는 소리. 김씨, 소스라쳐 놀라 일어난다. 여인들, 어리둥절하게 김씨를 바라본다.

금실이   와?

김씨, 말릴 새도 없이 토방으로 내려서더니 대문간을 향해
구르듯 달려간다.

금실이   와 그라노?
박실이   어데 가?
봉아   엄마?

부엌에 있던 장림댁이 소리를 듣고 나와 황급히 김씨를 쫓아
간다.
금실이와 박실이, 봉아도 토방으로 내려서서 대문 쪽을 바라
본다.

금실이   와 저러노?
권씨   누가 왔나?
봉아   아무 소리도 몬 들었는데?
박실이   널찌만 어앨라꼬 저래.

밖에서 김씨와 장림댁이 두런두런 말을 주고받는 소리.
장림댁이 김씨를 달래는 듯하다. 옆집에서 개 짖는 소리.

금실이   누가 온 모양인데?
박실이   이 밤중에 누가?

봉아	머라 캐쌓는데?
박실이	아이, 무섭게 와 저러노?

사이. 이윽고 장림댁이 김씨를 부축하여 돌아온다.
김씨의 얼굴이 어리둥절하고 해쓱하다. 자꾸만 대문간을 돌아본다.

장림댁	(김씨에게) 드가이시더, 드가이시더.
박실이	(달려와) 엄마, 괘않나?
장림댁	괘않니더.
봉아	누가 왔나?
장림댁	아이시더.
금실이	그란데 와?
박실이	엄마 나 쫌 바라. 괘않나?
김씨	으응, 괘않다.
박실이	아인데?
김씨	올러가자.
권씨	머를 쪼매 잘몬들으셨는갑다.
박실이	머를 들었는데?
김씨	아이라이께네. (대청으로 올라온다.)
박실이	(장림댁에게) 엄마가 머라꼬 하디꺼?
장림댁	잠깐 혼동이 오셨나 봅니더.
권씨	괘않다. 나도 가다끔 그랄 때 있다. 괘않지요?
김씨	예아.

박실이	사램을 놀래키노.
김씨	미안타. 내가 술이 췌가 그릏다. 괘않으이께네 앉아라.
봉아	머를 봤는데?
김씨	내가 까막 졸았나 바. 삼시란 놈이 휘이 문간으로 안
	나가나? 그거 잡는다꼬 갔었다.
박실이	(미심쩍은 얼굴로) 크일이네…….
김씨	크일은. 이 나아쯤 되만 구신하고도 친구하고 그러
	는 게래. (애써 웃는다.) 술이나 한잔 더 먹었으만 씨겠
	는데…….
권씨	(술잔을 건네며) 요 쪼매 남었소.
금실이	……머, 기주이 오빠야라도 부르더나?

사이. 무언가 요란하게 떨어지는 소리. 여인들, 놀란다.

| 김씨 | 고방에 머가 널쪘다. 가 봐라. |

장림댁, 부엌 옆에 있는 고방으로 간다.
안방으로 들어가는 김씨를 권씨, 박실이, 금실이가 걱정스레
바라본다.
금실이, 마루에서 내려와 토방에 선다.

박실이	어데 가?
금실이	담배. (토방에 서서 담배를 붙여문다.)
권씨	니는 또 언제 담배를 배았노?

금실이	오빠한테 배우코 금서방 따문에 인 백있지, 머.
박실이	그란 일만 없었으만…… .
금실이	머 못나이라 그렇제. 그보담 더하게 쩍고도 잘들만
	사는데.
박실이	그때만 생각하만…… .

박실이, 눈물을 흘린다.

봉아	또 시작이다.
권씨	야가 또 와 이라노. 우지 마라, 정아야.
금실이	(돌아보지도 않고) 또 우나?
박실이	그래! 멀 잘했다꼬 운다!
금실이	(그제야 돌아보고) 먼 소리고?
박실이	안 그캤나? "멀 잘했다꼬 우노? 이 등시이! 니겉은
	거는 나가 죽어라!"
금실이	내가? 니한테?
박실이	그래!
금실이	언제?
박실이	내 일곱 살 때.
금실이	그런 적 없다.
박실이	내는 그때 언니 얼굴을 잊아뿔릴 수가 없다.
금실이	없는 얘기 지어내지 마라.
박실이	없는 얘기? 그때, 기주이 오빠 또 주재소에 붙들리
	갔을 때.

금실이	그때? 그때는 한 사나흘 만에 안 나왔나.
박실이	내 때문에 오빠야가 붙들리 갔다고.
금실이	그기 와 니 때문이고?
박실이	니가 그랬잖나!
금실이	하이고 참…… 내는 그런 적 없어.
박실이	오빠야 저 대밭에 숨어가 있는데, 순사가 안 딜이닥 칬나. 내보다 더 큰 칼을 차고. 얼매나 무섭든동. 내 는 오빠야 걱정이 되가 그런 긴데…… 내가 패이 거 기서 어정거레 가주고 오빠야가 잽힜다꼬, 막 순사 가 오빠를 끌고 가는데, 울도 몬하고 하늘이 노래가 주고 섰는데, 니가 그랬잖나? 나가 죽어라꼬, 집에도 들어오지 마라꼬.
금실이	내는 기억도 안 나.
박실이	머 내가 못에 잉어 잡을라꼬 드간 줄 아나? (서럽게 운다.)
권씨	(박실이를 안아 토닥이며) 아이고 야야…….

김씨가 안방에서 대청으로 나온다. 우는 박실이를 본다.

박실이	그때 홍다리 언니가 안 봤으만.
홍다리댁	(싸우고 우는 소리에 깨어 일어나 눈을 비비다가 퍼뜩) 응? 내 불렀니껴?
봉아	그래, 불렀다.
홍다리댁	와?

봉아　　　　내캉 벤소 쫌 같이 가자.

홍다리댁　　그래.

봉아와 홍다리댁, 비틀비틀 마당을 지나 변소로(무대 밖으로)
간다. 홍다리댁은 무대 끝(보이지 않는 변소 앞)에 서서 끄덕끄
덕 존다.

권씨　　　　그때는 언니도 어레가 그랬제, 머를 알고 그랬겠나.
　　　　　　머 그런 거를 맘에 두고 있노?

박실이　　　아무도 모리더라. 신경도 안 쓰드라. 아가 홈빡 젖어
　　　　　　가, 뻘 칠갑을 해가 왔는데도, 눈길 한분 안 주드라.

권씨　　　　그래, 그래, 얼매나 서럽었을공. 머 마캐 정신이 없어
　　　　　　가 그런 게래.

박실이　　　만날 그랬제, 머. 있는동 없는동. 내헌테 누가 신겨이
　　　　　　나 썼나.

권씨　　　　고만에 잊아 뿌레라. 니 때무이 아이다. 니 때무이
　　　　　　아이야. 언니도 어린 맴에 놀래가 그랬지, 머.

금실이　　　(버럭 화를 내며) 죽으란다꼬 참말 죽으러 가는 등시이
　　　　　　어데 있노!

권씨　　　　야야.

금실이, 담배를 토방에 비벼 끄고 마루에 걸터앉는다. 근처에
있던 술잔을 되는 대로 들어 마신다. 김씨도 자리에 앉는다.

금실이	(고개를 떨구고) 내가 죽을 쥐를 지었네, 죽을 쥐를 지었어.
김씨	내가 미안타. 마캐 내 쥐다. 니들 잘못이 어데 있노? 다 내 탓이이께네, 싸우지들 마라.
금실이	그런 소리 마라! 더 짜증난다! 그기 와 엄마 탓이고? (혼잣말로 중얼거린다.) 으이그, 등신겉이…… 마캐 다 등시이야, 등신…….

사이.

김씨	금실아…… 희야.
금실이	와?
김씨	니 참말로 갈게래?
금실이	어데를?
김씨	금서방한테.
금실이	…….
김씨	꿈도 꾸지 마래이.
금실이	와?
김씨	지끔 거기를 어애 가노? 삼팔서이 난리라 카는데.
금실이	그놈으 인간, 얼골은 한분 바야 안 되겠나.
김씨	안 된다.
금실이	가가 그 인간 귓방매이 한 대 올리뿌고, 고만에 갈라설란다.
권씨	그기 무신 말이고. 말또 아이다.

금실이	말또 아인 거는 그 인가이 말또 아이다…… 지가 머 그래 잘났노? 머 그래 잘났나 말이다.
김씨	희야.
금실이	다 똑겉다. 헛똑똑이다. 혼차 잘나 가주고, 으이? 암 것도 모리만서…… 금서방 그 인간은 말할 것도 없고, 아부지도 그릏고, 기햅이도 그릏고, 온 집아이 사나들이란 거는 맹…….
김씨	그래 말하만 몬 씬다.
금실이	머가 몬 씨는데? 내 말이 머가 그른데? 바라. 옳은 거는 박서방 하나 뿌이 없다. 똑똑헌 거는 박서방 하나 뿌이 없어.
김씨	니 마이 쳤고나.
금실이	아이, 말짱하다. 박서방 바라. 눕을 자리를 보고 발을 뻗는다 안 카나. 왜정 때는 왜정 때대로, 또 지끔은 지끔대로, 얼매나 똑똑노?

박실이, 일어나 마당가로 걸어가 버린다.

수정과를 들고 부엌에서 나오던 두 며느리, 부엌 문간에 멈춰 선다.

금실이	어데 가노? 정아야, 정아야…… 내 미안코 부럽어가 하는 소리다.
김씨	고만에 가서 자라.

김씨, 일어나 안방으로 들어간다.

금실이   이기 머꼬? 그 놈으 운도이 그래 중하나? 밥이 나오
              나, 떡이 나오나? 그것도 다 사람 사자는 노릇 아이
              라? 이기 머꼬? 살게 됐나? 집안 다 말아묵고!

권씨   (금실이를 붙안고 울며) 희야, 희야…….

금실이   나라 우한다꼬? 그래 우했는데, 와 그놈으 나라는 그
              래 우한 사램들을, 다 잡아 몬 죽이가 안달인데?

권씨   희야, 희야…….

금실이   암것도 모리만서, 암것도 모리만서! 내가 무신 쥐고?
              우리가 무신 쥐고? 우리가 와 이라고 있노? 이기 다
              누구 때무이고? 모리겠다, 모리겠다! 암 것도 모리겠
              다!

권씨   어이고, 희야, 그라지 마라, 그라지 마라…….

금실이   갈게다! 삼팔서인동 머인동, 내가 죽든동 살든동, 내
              가가 그놈으 인간, 귓방매이를 올리뿌고, 고만에 갈
              라설란다! 다 똑겉다! 마캐 등시이다! 헛똑똑이다!

권씨, 금실이를 붙안고 함께 운다. 독골할매도 마루 끝에 어
정쩡하게 서서 눈물을 훔친다. 김씨는 안방에 앉아 있고, 두
며느리는 부엌 문간에, 박실이는 마당 가운데, 홍다리댁은
변소 앞(앞무대 끝)에 서 있다. 권씨, 금실이가 흐느끼는 소리.
간간이 금실이가 중얼대는 소리. ("다 헛똑똑이야, 등시이야…….")

봉아   (변소 안-무대 밖-에서 소리) 언니야, 거 있나?

홍다리댁   으응.

봉아   어디 가지 마래이.

홍다리댁   와 이래 안 나오노?

봉아   큰 거다.

홍다리댁   밤똥 누만 안 좋은데.

봉아   노래나 하나 불러 도.

홍다리댁   노래?

봉아   어디 안 간 줄 알게.

홍다리댁   알았다.

          홍다리댁, 노래를 부른다.

홍다리댁   비오는 거리에서 외로운 거리에서
          울리고 떠나간 그 옛날을
          내 어이 잊지 못하나
          밤도 깊은 이 거리에 흐미한 가로등이여
          사랑에 병들은 내 마음속을
          너마저 울려 주느냐

          흐미한 등불 밑에 외로운 등불 밑에
          날 두고 가버린 그 사람을
          내 어이 잊지 못하나
          꿈도 짙은 이 거리에 비 젖는 가로등이여

이별도 많은 내 가슴속을
한없이 울려 주느냐[*]

홍다리댁이 노래하는 동안, 권씨는 울먹이며 중얼대는 금실
이를 부축해 방으로 데려간다. 장림댁과 영주댁은 마루에 수
정과를 내려놓고, 독골할매와 함께 먹은 자리를 치운다. 한
동안 마당에 서 있던 박실이도 일을 거든다. 홍다리댁의 노
래, 그릇과 상을 치우는 소리, 간간이 방에서 들려오는 금실
이와 권씨의 울음과 말소리 속에 무대 잠시 어두워진다.

안방 쪽이 밝아진다. 다른 곳은 희미한 새벽빛에 물들어 있
다. 안방에서 김씨가 장림댁에게 '납닥생냉이'로 지은 치마를
입혀 보고 있다. 다른 이들은 보이지 않는다.

김씨   잘 맞네.
장림댁   ·······.
김씨   곱구나.

장림댁, 치마를 벗어 김씨에게 건넨다. 김씨 고운 보에 치마
와 함께, 박실이가 주었던 쌍가락지가 든 함을 넣고 정성스레
싼다.

* 「외로운 가로등」, 이부풍 작사, 전수린 작곡, 황금심 노래, 1939.

김씨	큰 악아.
장림댁	예아.
김씨	니 근친 댕기온 지가 언제고?
장림댁	머…….
김씨	한 사 년 될따. 기주이 삼 년 치루코도 일 녀이 지냈으이.
장림댁	…….
김씨	악아, 장림아.
장림댁	예아.
김씨	고상 마이 했다.
장림댁	아이시더.
김씨	내일일랑은 화전놀이 갔다가, 친정에 댕게오니라.
장림댁	예아?
김씨	친정 갈라 카만 대구 거체 안 가나? 마참 박실이가 차로 대구꺼정 나간다이께네, 그거 같이 타고 가만 씨겠다.
장림댁	아이시더!
김씨	시갠 대로 해라.
장림댁	도렌님 일도 그룽고, 어무임 혼차 어애……
김씨	내 다 알아가 할 거이께네.
장림댁	쪼매 더 있다, 난중에 갈라니더.
김씨	니 그라다 영 몬 간데이.

사이.

128

김씨   안사둔 어른도 혼차 기신데, 내가 멘목도 없고. 자.

김씨, 치마와 가락지를 싼 보자기를 장림댁 앞으로 민다.
장림댁, 어리둥절하다.

김씨   미안타. 니한테 줄 게라고는 이거 뿌이네.
장림댁   (당황하여) 어, 어무임…… 아, 안 되니더, 이거는!
김씨   받아라.
장림댁   처매는 그릏다 캐도 가락지는, 이거는…….

장림댁이 보자기를 풀려 하자, 김씨가 그 손을 잡는다.

김씨   공딜이 싸 놨는데, 푸지 마라.
장림댁   ……어무임.
김씨   내가 그거 돴다 어데 쓸로. 가주고 가.

두 여인, 한동안 말없이 서로 눈길을 주고받는다.

장림댁   어무임…… 어무임…… 지한테 와 이러시니껴……?
김씨   …….
장림댁   잘모한 기 있으만 잘모했다꼬 나무래시고, 맴에 안
         차는 기 있으만 말씸을 하시지, 와 이러시니껴……
         너무 하시니더…… 어무임, 지가 머를 그래 잘모했니
         껴, 예아? 어무임…….

김씨	니가 무신 잘못이 있노… 아무 잘못도 없다.
장림댁	그란데 와 이러시니껴……?
김씨	…….
장림댁	지가 잘하겠니더. 이라지 마시이소, 지헌테 이라지 마시이소, 어무임…….

장림댁, 김씨의 손을 붙잡고 엎드려 조용히 흐느껴 운다.

김씨	악아, 장림아. 우지 마라, 우지 마라…….
장림댁	어무임…….
김씨	니가 울만 내 마음을 어앨로? 으이? 아숩어가 어애 노…… 아숩어가 어앨로…….
장림댁	몬 가니더…… 그래는 몬 하니더…….
김씨	이라만 안 된다. 잘모하는 게래…… 아숩다꼬 이라 만 안 돼…… 모리겠나?
장림댁	어무임…….

김씨, 잠시 흔들렸던 마음을 다잡는다.

김씨	건네가가 짐 싸두코 나오니라.
장림댁	…….
김씨	사당에, 산소에 인사는 디리야 안 하겠나.

장림댁, 김씨를 바라보기만 한다.

| 김씨 | 얼른. 애들 깨기 전에. (보자기를 장림댁 손에 들려 준다.) |

장림댁, 한참 만에 마지 못해 일어난다. 안방을 물러나와 상
방으로 건너간다. 김씨도 옷매무새를 추스르고 대청마루로
나와 장림댁을 기다린다.
먼 하늘에서 아득하게 총성이 몇 번 울린다. 어느 집 새벽닭
이 운다. 이제 새벽빛이 완연하다. 그사이 봉아가 부스스한
얼굴로 나온다.

봉아	안 잤나?
김씨	으응.
봉아	그래가 화전놀이 가겠나?
김씨	일없다.

이윽고 장림댁이 마루로 나온다. 김씨와 장림댁, 마당으로
내려선다.

봉아	어데 가노?
김씨	바람 씨러.
봉아	나도 가자.
김씨	니는 다들 깨우고 준비해라.
봉아	준비?
김씨	화전놀이 가야제.
봉아	진짜 가나?

김씨	그라만 가짜로 가나?
봉아	알았다.

김씨와 장림댁, 함께 나간다. 봉아, 두 사람을 이상한 듯 잠시 바라보다가 소리친다. 이방 저방을 들쑤시고 다니며.

봉아	자, 다들 일나라! 머하노? 날 다 밝았다! 언니야! 자만 어애노? 경신일에. 으이? 자, 일나라! 소세하고 준비해 가주고 가자. 고모도 빨리 일나라!
박실이	(소리) 어데를 가?
봉아	화전놀이 가기로 안 했나?
박실이	이래가 어애 가노?
봉아	간다 카만 가는 기제, 말이 많노? 얼른!
박실이	(소리. 금실이에게) 언니야, 일나라. 화전놀이 간단다!
금실이	와, 미치겠네.

문간에서 누군가 문 두드리는 소리. 봉아, 멈춰선다.

홍다리댁	누꼬? 이 새복에…… 예아! 나가니더!

홍다리댁, 하품하고 눈을 비비며 문간으로 가는데, 봉아가 황급히 달려와 홍다리댁을 막아선다.

홍다리댁	와?

봉아   내가 나가께.

봉아, 홍다리댁을 마당 가운데로 밀치고, 다급히 옷매무새
를 고치며 대문으로 나간다. 홍다리댁, 영문을 몰라 대문간
쪽을 기웃이 건너다본다. 여인들이 하나둘, 대청 위로, 마당
위로 기지개를 펴고 하품을 하며 나온다. 무대 환하게 밝아
졌다가 천천히 어두워진다.

5장 종소리

밝아지면 저물녘. 동구 회화나무 아래. 못물에 비친 황혼이
사람들의 얼굴에 어룽거린다. 금실이, 박실이, 봉아, 홍다리
댁은 제각각 짐을 들고, 권씨, 독골할매, 영주댁은 떠나는 이
들을 배웅하러 나왔다. 가까운 곳에서 자동차 엔진 소음이
들린다. 봉아는 공연히 주위를 두리번거린다.

독골할매 해도 짧다. 하매 이래 져뿟노.

금실이 박서방은 얼굴도 몬 보고 가네?

박실이 대구서 만내기로 했다. 일이 많은가 바.

독골할매 (홍다리댁에게) 미칠 더 있다 가제.

홍다리댁 대구로 간다 카이 가는 짐에 가지, 머.

박실이 니 또 멀미하만 안 된다?

홍다리댁 머, 자동차 한두 번 타 보나, 히히.

독골할매 갔다가 힘드만 언제든동 오고.

홍다리댁 펜해지만 모시러 온다이께네.

독골할매 (한숨을 내쉬며) 그래. 그거는 그래 하는데, 그전에…….

홍다리댁 됐다.

독골할매 난중에 후회한데이. 그래 포한이 되는 게래.

홍다리댁 …….

독골할매 생각해 바라.

박실이	작은올케는 언제 가노, 기협이한테?
영주댁	내일 가니더. 음석 쪼매 장만해 가.
금실이	하로에 오가기는 어렵을 겐데?
영주댁	거 친척 아재가 한 분 있니더. 거서 자고 아칙에 한 번 더 보고.
금실이	잘 달래 보고, 너무 걱정 마고.
권씨	그래, 박서바이 손 씨고 있다이께네.
박실이	가도 참, 쪼매만 고집을 꺾으만 될겐데.
금실이	피가 어데 가나.
권씨	사둔 남말한다. 금실이 니나 삼팔선 넘어간다는둥, 그런 소리는 아예 마라.
금실이	머 방법이 아주 없는 거는 아니라 카드마는.
권씨	이바라, 참말로.
박실이	그래 보고 숨으만 지가 니리오라 캐라.
금실이	······니는 형부한테 지가 머꼬?
박실이	박서바이 그래. 하매 총질을 해가매 올러갔다 니리 왔다, 갈수록에 머······ 어애뜬 영 좋지가 않다 캐.
권씨	큰 난리나 안 나얄 겐데.
금실이	봉아는 머하노? 그 총각 찾나? (여인들이 웃는다.)
봉아	머!
금실이	고마 찾어래이. 대구역 가만 안 보겠나.

봉아, 못가로 걸어 내려간다.

박실이   저거 공부는 아하고 연애질만 했구러.

독골할매 좋디더! 그 총각!

봉아   할매!

권씨   고마해라. 골났다.

박실이   큰올케는 와 이래 안 나오노?

독골할매 저어기 나오시니더.

박실이   고부간에 사이도 좋네.

김씨와 장림댁이 회화나무 아래로 걸어온다.
봉아도 회화나무 아래로 올라온다.

박실이   머하노? 빨리 와라! 늦었다. 기차 놓치만 어앨라꼬?

김씨   간다.

이제 떠나는 사람들과 배웅하는 사람들이 갈라선다.

김씨   챙길 것들은 다 챙겠제? 어여들 가거래이. 또 올러갈
         라만 힘들겠다.

박실이   힘들기는 힘들다. 너무 장하이 놀아가.

김씨   고맙데이. 니들 덕틱이 경신 추럼이야 화전놀이야,
         이클 호강을 하고. 환갭이 좋기는 좋구마는.

봉아   좋았나?

김씨   그라만.

박실이   우리도 엄마 덕틱에 자알 놀았다.

봉아	맹년 봄에 또 가자.
김씨	그래, 그래.
금실이	그때는 밤새지 마고 맑은 정시으로 가자.
봉아	머, 몽롱하이 꿈인동 생신동, 그것도 그대로 좋더라.
박실이	그전에, 기햅이 나오고 작은올케 몸풀고 하만 한번 오께. 봉아 니도 그때 방학 아이래?
봉아	응.
권씨	(봉아를 끌어안고) 아이고 내 새끼, 또 언제 보노? 몸 조심하고, 공부 열심히 하고.
독골할매	홍다리야. 부탁이다.
홍다리댁	(딴청하며) 가만 있어. 내 들어 디리께.
독골할매	굼방 한분 댕기가. 그거 굼방이다.
홍다리댁	자, 고만 가이시더! 운전사 썽낼따!

여인들, 인사를 하며 헤어진다. 장림댁, 마지막까지 남아 있다.

장림댁	……한 미칠 싰다가 굼방 오겠니더. 진지 잘 챙게 자 시고요…….

장림댁, 말을 잇지 못하고 허리를 굽혀 인사한다. 한동안 고 개를 들지 못한다. 김씨, 다가가 장림댁을 안아 준다. 사이.

권씨	하이고, 그래 섭섭나? 얼른에 가라. 자동차 안 가나?

장림댁, 몸을 돌려 천천히 걸어나간다.

이윽고 자동차가 떠나는 소리.

권씨, 독골할매, 영주댁, 멀어져 가는 자동차를 향해 손을 흔든다.

김씨, 회화나무 아래 돌 위에 천천히 걸터앉는다.

네 여인, 한동안 석양 속으로 멀어져 가는 자동차를 눈으로 좇는다.

독골할매   (혼잣말로) 이클 굼방인동도 모르고, 난중에 얼매나 아숩어 할라꼬…… 자아, 지녁 지러 들어가야제.

권씨   지녁은 머, 화전 남은 게나 먹고 마제.

독골할매   그래가 씨겠니꺼. 맴도 헛분데, 지녁이라도 옳게 해 가 먹으이시더.

독골할매와 영주댁, 집을 향해 멀어져 간다.

저녁빛이 천천히 스러지고 어스름이 찾아든다.

권씨   (가사조로) 산그늘은 물 건네고 까막까치 자려 드네 각기 귀가하리로다 언제 다시 놀아볼고 꽃 없이는 재미 없네 맹년 삼월 놀아보세……*

형님…… 드가이시더.

* 이정옥 주해·편, 『경북대본 소백산대관록 화전가』(경진출판, 2016), 213쪽 인용.

김씨	······.
권씨	형님.
김씨	······.
권씨	잘하셨니더.
김씨	······.
권씨	······하이고, 저 물괴기 띠는 것 좀 보래이!

저녁 바람이 불어와 회화나무 새순을 흔든다.

두 여인, 저무는 빛을 바라보며 앉아 있다.

이윽고 하늘 저편에서 희미한 소리.

종소리가 울려오기 시작한다.

두 여인 위로 어둠이 밀려오고, 그 어둠처럼

고요하며 충만한 종소리가 그들을 완전히 감싸 안을 때까지,

두 여인은 그 자리에 가만히 앉아 있다.

에필로그
사금파리

앞 장면의 어둠을 전쟁의 폭음이 내리누른다.

무지막지한 살상의 소리들이 한동안 이어진다.

그 소리와 싸우듯 봉아의 목소리가 울려퍼진다.

봉아   Where wasteful Time debateth with decay

(무정한 시간이 밤의 재 흩뿌리며)

To change your day of youth to sullied night,

(그대의 한낮을 어둡게 물들일 때,)

Where wasteful Time debateth with decay

(무정한 시간이 밤의 재 흩뿌리며)

To change your day of youth to sullied night,

(그대의 한낮을 어둡게 물들일 때,)

And all in war with Time for love of you,

(시간이 앗아간 그 모든 것을,)

As he takes from you, I engraft you new.

(나 여기 다시 새기네, 그대를 위하여.)

폭음이 잦아들고, 봉아의 외침에 가까운 시와 함께 무대 밝
아지면,

앞 무대에 봉아가 서 있다. 이제 그녀는 단정한 노부인의 모습이다.

폐허. 마당가 한 귀퉁이에서 봉아, 허리를 굽혀 깨진 대접, 사금파리를 집어 든다.

뒷무대(예전의 대청이 있던 자리)에 김씨, 권씨, 장림댁, 금실이, 박실이, 영주댁, 독골할매, 홍다리댁이 꿈처럼 앉아 있다. 그날처럼.

봉아   엄마야,

　　　　　고모야,

　　　　　희아 언니야,

　　　　　정아 언니야,

　　　　　큰올케야,

　　　　　작은올케야,

　　　　　할매야,

　　　　　홍다리 언니야……

　　　　　자지 마라.

　　　　　자만 안 된다.

　　　　　자기만 해 바라,

　　　　　내 가만 안 둘 기다.

　　　　　언제 또 우리가 이클 모이 보겠노?

　　　　　아무도 몬 잔다, 오늘은.

　　　　　자지 마라.

　　　　　자만 안 된다.

작가의 말

어느 저녁에 두 사람은 이야기를 나누고 있었습니다. 곁에 앉아 있었지만 그 말들을 저는 대부분 알아듣지 못했지요. 두 사람은 이제 곁에 없고 그 저녁의 풍경과 목소리만 희미하게 남았습니다. 무엇을 쓸까 궁리하며 이리저리 헤맸습니다만, 모르는 사이에 결국 저는 그 저녁으로 가고 있었던 모양입니다. 그 목소리를 다시 한번 들으려고요.

초고를 마치고 오래 묵은 나무들을 보러 가서 겨울 가지 아래 오래 서 있었습니다. 잠깐 동안, 아무런 의미 없이 세계는 충만했습니다. 알아듣지 못하고 흘려보낸 목소리들이 허공에 떠돕니다. 그것을 더듬는 것은 늘 때늦은 일입니다만.

백 살 먹은 나무는 아흔아홉 해의 죽음 위에 한 해의 삶을 살포시 얹어 놓고 있습니다. 얇은 피막 같은 그 삶도 지금은 동면 중입니다만. 나무는 또 잎을 내밀고 꽃을 피우겠지요. 지나간 죽음들을 가득 끌어안고 서서. 올해의 잎과 꽃 들이 작년 그것은 아니겠지만. 마음은 다시 온다고, '봄이 돌아온다'고 속삭입니다. 아름다운 것은 늘 안타깝고, 오직 이 안타까움만이 영영 돌고 돌아오는 것이니까요.

2020년 겨울

배삼식

143

화전가

1판 1쇄 펴냄   2020년 2월 21일
1판 3쇄 펴냄   2023년 11월 8일

지은이   배삼식
발행인   박근섭·박상준
펴낸곳   (주)민음사

출판등록   1966. 5. 19. 제16-490호
주소   (우편번호 06027) 서울특별시 강남구 도산대로1길 62(신사동)
         강남출판문화센터 5층
대표전화   02-515-2000 | 팩시밀리 02-515-2007
홈페이지   www.minumsa.com

ⓒ 배삼식, 2020. Printed in Seoul, Korea

ISBN 978-89-374-9111-5 (03810)